스피사틀란의 젠더시스

초판발행 / 2020 년 7 월 1 일
글과 그림 / 장형순
캐릭터 디자인 / 장형순
표지디자인 / 장형순
편집 / 장형순
펴낸곳 / 지콘디자인
펴낸이 / 장형순
인쇄 / 이삼공이노베이션
이메일 / digitalzicon@naver.com
ISBN / 979-11-950924-8-2 (03810)
정가 / 13,500 원

머나먼 우주의 너스 항성계
한 개의 태양과 두 개의 달이 있는 별
별 전체가 물로 덮여있는
스피온들의 천국

벨리타

차례

1. 어둠 속의 스피사틀란

2. 새로운 질서

- 부록 -

벨리타의 밤에
두 개의 달이 떠오르면
그토록 기다렸던 두 개의 달이 떠오르면

어둠의 바다에
빛의 방울이 내려오네.
목 놓아 기다렸던 빛의 방울이 내려오네.

잊지 못할
영광의 대륙 프라망
그 아름답던 선조의 대륙 프라망

아아
스피온들은 어디에서 왔는가?
용감한 스피온들은 어디로 가는가?

스피사틀란의 젠더시스

1. 어둠 속의 스피사틀란

프라망의 별 벨리타

먼 옛날 벨리타의 스피온들은 하나의 대륙에 모여 살
았다. 너스의 빛이 고루 비치는 평활하고 거대한 바닷
속 대륙. 무엇 하나 부족할 것 없는 그곳을 그들은 *프
라망*(신의 땅)이라고 불렀다. 스피온들은 그곳에 *젠다
크*라는 왕국을 세우고 대대로 모계사회를 이루며 살
아왔다. 그들은 스스로를 *스피란*(여성)과 *스피오*(남성)
라고 나누어 불렀다. 스피란들은 대부분 정치와 전쟁
에 관여하였고 스피오들은 주로 건축과 사냥에 종사
하였다. 6년에 한 번, 두 개의 위성 유탄과 유론이 동
시에 프라망의 밤을 비추는 시기가 오는데 스피온들
은 그 기간을 *프라미안*(눈부신 프라망)이라고 불렀다.

프라미안은 보통 100일 넘게 지속되었으며 그들은 그 시기가 유탄과 유론이 지니고 있는 강함과 부드러움이 동시에 벨리타의 바다를 지배하는 때라고 믿었다. 그 때 태어난 스피란들은 아홉 명의 젠다크 제사장들의 특별한 관리 하에 정성스레 키워졌다. 제사장들은 그 스피란들이 열두 살이 되면 회의를 통해 그들 중 셋을 장차 젠다크를 다스릴 왕의 후보로 선택하고 왕국을 통치할 수 있는 특별한 역량을 가르쳤다. 그리고 그들이 열 여덟 살이 되면 그들 중 하나를 젠다크의 왕으로 세웠다.

젠다크력 663년에 발생한 큰 지진은 그들의 왕국을 갈라놓았다. 젠다크의 왕궁이 있던 작은 터 이외의 부분이 두 개의 큰 대륙으로 갈라졌는데 그 지진 이후에도 크고 작은 여진이 계속되었다. 젠다크력 698년 젠다크의 14대 왕 크루메린은 벨리타의 바다에 더 이상의 불행한 일이 생기는 일을 막기 위해 바다의 신 일리미스에게 도움을 얻고자 먼 길을 떠났다. 오랜 세월이 지난 후 그는 일리미스로부터 주먹 만한 돌 하나를 받아왔다. 그 돌에서는 신비로운 푸른빛이 났다.

그 돌은 스피온들에게 *프람*(신의 돌)이라 불렸으며 벨리타의 균형을 잡아준다고 여겨졌다. 젠다크의 왕은 어떤 누구도 프람을 발견할 수 없도록 왕궁의 가장 은밀한 곳에 그것을 숨겼다.

대지진 이후 거대한 두 대륙을 차지한 스피온들은 그곳에서 각각의 왕국을 건설했다. 그들의 생활방식과 가치관, 그리고 그들의 모습은 차츰차츰 새로운 두 대륙에 적응하며 조금씩 변해갔다. 젠다크의 동쪽 대륙에 정착한 스피온들은 그곳에 *스피사틀란*이란 이름의 왕국을 세웠고 자신들을 *스피사틀란족*이라 명명했으며 그들의 대륙을 *스피룬*이라고 불렀다. 스피사틀란의 스피온들은 젠다크의 맥을 잊지 않으려고 노력했으며 젠다크의 전통대로 여전히 모계사회를 이루고 살았다. 젠다크의 서쪽 대륙에 정착한 스피온들은 자신의 왕국을 *디오락*이라 이름 짓고 자신들을 *디오락족*, 그리고 그들의 대륙을 *디오크*라고 불렀다. 그들은 스피사틀란과는 달리 독자적인 방식으로 왕국을 운영했다. 젠다크와의 관계를 끊었으며 육체적인 힘을 바탕으로 한 강력한 부계사회를 이루고 살았다.

두 왕국의 탄생을 목도한 젠다크의 스피온들은 보잘 것 없이 작아진 자신들의 대륙을 *젠드룩*이라고 불렀다. 그 이후 어디에서도 프라망을 입에 올리는 스피온은 없었다. 벨리타의 바다에 희망은 사라졌다. 하지만 *젠다크*족은 언젠가는 프람이 프라망의 영광을 다시 찾아줄 것이라고 믿었기에 젠다크의 왕은 프람과 교감하는 일을 소홀히 하지 않았다. 그것은 육체적으로 큰 힘이 소비되는 일이었으며 젊은 스피란 혼자서 감당하기엔 결코 쉽지 않은 일이었다. 그렇기에 프람을 지닌 젠다크의 왕은 스피온 전체의 균형을 잡아줄 뿐 아니라 모든 바다의 생명과도 교감할 수 있는 신성한 존재로 여겨졌다.

벨리타의 스피온들은 젠다크의 왕이자 프람의 수호자를 *젠더시*스라고 불렀다.

두 개의 바다

비교적 고른 땅이 넓고 완만하게 자리잡은 스피사틀란의 대륙 스피룬에 비해 디오락의 대륙 디오크는 대지진의 충격을 고스란히 받았다. 그곳은 대부분 경사가 심했고 여러개의 층으로 나누어졌다. 디오락족은 언제나 스피사틀란족의 땅 스피룬을 원했다.

야욕으로 가득찬 디오락의 7대 왕 아펜딕은 젠다크력 902년 스피룬을 빼앗기 위해 스피사틀란과의 전쟁을 선포했다. 그것은 새로운 스피오 전사를 키운 신흥세력과 젠다크의 맥을 이어 스피란 전사를 내세운 전통세력과의 전쟁이었다. 젠다크의 왕과 원료원은 두 종족간의 전쟁을 중재하려고 노력했지만 역부족이었다.

벨리타의 바다에 피냄새가 진동했다. 그것은 대지진보다 더 큰 재앙이었다.

100년이 넘는 기간 동안 벌어졌던 두 종족의 패권전쟁이 스피사틀란의 승리로 굳어질 무렵, 디오락의 9대 왕 이리야크는 군사를 이끌고 젠다크의 땅 젠드록으로 향했다. 그는 전세를 역전시킬 방법은 신성한 돌 프람을 손에 얻는것 뿐이라고 생각하고 그곳의 제사장들을 비롯해 무장하지 않은 젠다크족 대부분을 죽이거나 포로로 삼았다. 그리고 젠다크력 1018년 이리야크는 마침내 젠더시스를 살해하고 프람을 쟁취했다.

프람의 힘을 얻은 이리야크는 스피사틀란의 대륙 스피룬의 지반을 흔들었다. 그 여파로 대륙을 떠받치고 있던 유동성 고체 *에실란*이 지반을 뚫고 나오면서 벨리타 바다의 중간에 반투명의 막을 형성하기 시작했다. 에실란이 빠져나간 스피룬은 붕괴되어 깊은 바다 속으로 가라앉았다. 수많은 스피사틀란족은 스피룬과 함께 에실란의 막 아래 어둠의 나락으로 떨어졌고 일부는 에실란 속에서 비참하게 죽어갔다.

전쟁이 끝난 이후에도 이리야크의 광기는 멈추지 않았다. 신의 전령이라 일컬어지는 거대물고기 레닉을 마구 잡아서 그것의 등뼈인 레니킨을 갈취하여 왕궁의 건축에 사용했다. 보다 못한 왕비는 그를 떠나 젠다크로 갔고 충성스런 신하들조차 그를 멀리하게 되었다. 벨리타의 바다를 물들인 피 냄새가 거의 사라졌을 때 그는 비로소 그 전쟁으로 인해 얻은 것이 아무것도 없다는 것을 깨달았다. 그리고 자신의 잘못된 행동으로 인해 젠더시스와 스피사틀란이 희생되었다는 것에 고통스러워했다. 그는 더 이상 스피온이 다치는 일이 없도록 하기 위해 프람을 쪼개어 자식들에게 나누어 주고 얼마 후 스스로 목숨을 끊었다. 젠다크력 1023년. 그의 나이 68세 때 일이었다.

이리야크의 자식들은 선왕의 잘못된 행동이 디오락과 벨리타 전체에 얼마나 안좋은 영향을 끼쳤는지, 어머니가 왜 디오락을 버리고 젠다크로 가버렸는지 똑똑히 보았다. 그들은 각자 프람을 가지고 디오크 대륙의 여러 층을 나누어 통치하며 이리야크와는 다른 방식으로 디오락을 이끌었다.

벨리타의 어둠속에 가라앉은 스피사틀란의 왕궁은 다행히도 크게 부서지지는 않았다. 그들은 그 이유를 일리미스의 보살핌 덕분이라 여기고 그곳에 *젠*드를 다시 건설했다. 젠드는 왕궁을 중심으로 방사형으로 뻗어나가도록 만들어진 벨리타 스피온 전통형식의 건축물이다. 스피룬의 바다는 에실란으로 인해 너스의 빛을 충분히 받을 수 없었다. 스피사틀란족의 눈은 어둠에 익숙해져야 했고 그들의 폐는 줄어든 산소량에 적응해야 했다. 에실란의 막은 세월이 흐를수록 점점 두꺼워지고 불투명해졌으며 차츰 딱딱하게 굳어져 갔다.

스피사틀란족은 너스의 빛이 직접 닿는 에실란 위의 바다를 *빛의 바다*라고 불렀고 희망이 사라진 스피룬의 바다를 *어둠의 바다*라고 불렀다.

전사의 장례식

라키네는 에실란을 통해 내려오는 빛의 양이 어제와 다름을 느꼈다. 헝클어진 머리와 충혈된 눈이 부족했던 잠으로 인한 그의 피로를 말해주고 있었다. 등의 흉터가 더 욱신거렸으나 기분 탓이라고 생각했다. 요며칠 자신에게 어떤 일들이 벌어진 건지 지그시 눈을 감고 상기했다. 스피사틀란의 스피란 라키네, 그는 이제 열 여덟살이 되었다. 스피사틀란 스피온 공동체의 책임감을 가진 일원으로서 독립해서 살아가야 할 나이가 된 것이다. 그는 어제부터 이곳 1인실이 모여있는 젠드에서 혼자만의 삶을 시작했다. 이제 라키네의 미래는 온전히 그의 책임인 것이다.

그는 부엌에서 에루넴과 피노의 고기로 만든 아침을 먹고 멍한 표정으로 물때가 잔뜩 낀 뿌연 거울 앞에 앉았다. 그리고 서랍에서 오파린으로 만든 천을 꺼내어 아멜리드의 딱딱한 등갑으로 만든 거울을 조심스레 닦았다. 거울 속 자신의 모습이 점점 더 선명해졌다. 가벼운 것조차 들 수 없을 것 같은 가녀린 팔뚝이 미래가 없는 듯한 그의 표정을 더욱 어둡게 만들었다.

'난, 난 스피사틀란의 전사가 될 수 없는, 흉터를 가진 연약한 스피란.'

부정적인 생각이 머리속을 가득 채울 때 창밖에서 익숙한 스피란의 목소리가 들렸다.

"라키네!"

그건 거울속 자신과 가장 닮은 친구의 목소리였다.

"티리카?"

라키네가 친구의 이름을 부르며 창밖으로 고개를 돌렸다. 어둠의 바다가 점점 밝아지고 있었다.

"네가 어디로 옮겨갔는지 한참을 찾았어. 여기로 왔구나! 전사의 장례식이 이제 시작될 거야. 서둘러 라키네, 우린 이미 늦었다고!"

왕궁을 향해 헤엄쳐 가던 티리카가 라키네를 발견하고 소리쳤다. 라키네는 가까운 젠드탑에 있는 날짜와 시간을 확인하기 위해 창밖으로 고개를 내밀었다. 스피토 문자는 오늘이 젠다크력 1616년 114일임을 알려주고 있었고 너스의 빛을 받은 시계는 1.5시를 가리키고 있었다.

"어서 준비해. 그리고 며칠 뒤 새벽에는 우리가 젠드탑의 날짜를 바꾸어야 하는 것 기억하고 있지? 다른 스피온들을 몰라도 우린 정말 재밌게 해낼 수 있을거야. 그치 라키네?"

"아, 곧 우리 담당이군. 그런데 오늘은 뭔가 세상이 좀 밝아 보이는데?"

"오늘부터 프라미안이 시작되잖니! 이 무심한 친구야!"
라키네에게서 자조섞인 실소가 터져나왔다.

"아! 프라미안이 시작되는 날 전사의 장례식을 치른다고 했었지! 먼저 가. 나도 곧 갈게."

그는 티리카를 보내고 잠시 동안 멍하니 그대로 앉아 있었다. 아빠와 함께 지냈던 그간의 삶들이 머릿속에 맴돌았다.

라키네의 부모는 *젠*드를 건설하는 스피온이었다. 그 일은 큰 인내심과 특별한 기술력을 필요로 하는 일이었기에 젠드를 만드는 스피온은 언제나 왕궁으로부터 좋은 대접을 받았고 사명감과 자부심을 가지고 일할 수 있었다. 그들은 주기적으로 *위리트*에 가야 했다. 벨리타의 가장 뜨거운 지역 위리트, 그곳에서만 존재하는 점도가 높은 흙을 *위람*이라고 부르는데, 그것을 벨리타의 흔한 수생식물인 오파린으로 만든 천과 섞어서 건축 재료로 사용한다. 라키네는 어릴 적 부모를 따라 그곳에 몇 번 갔었다. 위리트의 한가운데에는 벨리타의 중심에서 생성된 뜨거운 기포가 쉴 새 없이 솟아나는 구멍이 있었다. 라키네가 마지막으로 그곳에 갔던 날, 그는 엄마를 잃었다. 폭발하듯 뿜어져 나온 엄청난 양의 기포가 위람을 캐던 많은 스피온들을 덮쳤다. 고통스러워하는 스피온들의 비명소리가 벨리타의 바다를 아비규환으로 만들던 그날의 기억이 아직도 생생하다. 아빠는 큰 상처를 입고 정신을 잃은 엄마를 안고 스피룬으로 향했다. 그날 어린 라키네도 등에 큰 화상을 입었으나 누구에게도 말하지 않았다.

라키네는 쓴 웃음을 지으며 아끼는 모안을 꺼내어 허리에 두른 후 다시 거울 앞에 앉아 서랍에서 머리에 꽂을 핀을 꺼냈다. 엄마의 얼굴은 기억나지 않았지만 특별한 날엔 항상 엄마가 좋아했던 푸른색 모안이 생각났다. 등의 흉터부위가 또다시 욱신거렸다. 아니나 다를까 손의 힘이 풀리면서 쥐고 있던 핀을 놓치고 말았다. 그것은 등의 통증과 연결된 일종의 후유증이었다. 에루넴의 뼈로 만들어진 핀이 책상 위로 떨어졌다. 라키네는 스피사틀란을 지키는 전사가 되고 싶었으나 시도 때도 없이 찾아오는 등의 통증과 그로 인한 손의 발작은 언제나 그의 꿈을 가로막았다.

'가만 있자, 티리카가 준 팔찌를 어디에 두었더라?'

라키네는 달라진 자신의 삶과, 전사의 장례식으로 분주한 스피온들의 이동으로 인해 복잡해진 마음을 진정시킨 후 테이블 아래 두었던 상자에서 팔찌를 찾아서 오른쪽 손목에 끼웠다. 그리고는 문을 열고 긴 통로를 지나서 젠드에서 나와 왕궁으로 향하는 스피온들의 대열에 합류했다. 헤아릴 수 없이 많은 스피온들의 이동. 오랜만에 *어둠의 바다*에 생기가 넘쳤다.

라키네가 어느새 앞서가던 티리카를 따라잡았다. 티리
카는 라키네와 함께 가려고 일부러 천천히 가고 있던
것 같았다. 티리카는 갑각류나 해조류에서 나오는 재
료를 이용해서 팔찌나 머리장식 등을 만드는 것을 좋
아했다. 특히 오파린 천으로 만든 끈을 언제나 팔에
둘둘 말고 다녔다.

"그것, 좀 불편하지 않아?"

라키네가 끈을 두른 티리카의 왼팔을 보고 물었다.

"처음엔 좀 불편했지."

"그런데 왜 그렇게 하고 다니는 거야?"

"스피사틀란의 전사라면 항상 준비를 해야 하지. 오파
린 끈은 쓸 곳이 많거든."

"열심히 사는 군 친구!"

티리카는 정말 모르는 것이 없었다. 라키네도 그날부
터 오파린 끈을 자신의 모아닌에 넣어두기로 했다.

"이사한 곳은 좀 어때? 잠은 잘 잤어?"

라키네보다 먼저 독립한 티리카가 물었다.

"좀 무섭기도 하고 외롭기도 해서 잠을 거의 못잤어.
어제 밤엔 아빠도 그러셨겠지."

"그렇게 보인다. 피부가 엉망이네. 눈도 흐릿하고!"

"말도 안돼! 하루 잠 못잤다고 그럴리가!"

티리카가 장난기 가득한 눈으로 다시 물었다.

"네아킨 지느러미에 있는 촉수는 어떻게 사용하는지 당연히 알겠지?"

티리카가 이번엔 네아킨의 촉수가 달려있는 목걸이를 보여주며 물었다.

"독이 있어서 화살촉으로 쓴다는 거?"

"그것뿐 아니지. 이건 금기의 의미야. 누군가가 문에 이걸 매달아 놓으면 이곳에 들어오지 말라는 뜻이야."

"그런데 왜 그 위험한 것을 목에 걸고 있어?"

"전사의 삶에는 항상 위험이 따른다는 것을 매순간 깨닫기 위해서!"

"나 같으면 도저히 불안해서 못하겠네. 혹시라도 찔리면 어떡해!"

티리카가 웃으며 말했다.

"내가 그렇게 무모해 보여? 이건 독을 제거한 거라 괜찮아. 전사 에미소드도 네아킨 촉수를 목걸이에 끼고 다녔다더군."

"그런 것까지 알아야 전사가 될 수 있는 거라면 난 앞으로도 전사를 꿈꾸지 않을거야!"

그때 왕궁 쪽을 바라보던 티리카가 외쳤다.

"라키네, 저거 보여?"

저 멀리, 초록빛의 돌이 박힌 반지를 낀 티리카의 손 끝이 향한 곳에 라키네의 시선이 머물렀다. 유탄과 유론의 빛을 가득 머금은 에실란 위의 바닷물이 에실란의 막에 싸여 방울 모양이 되어 *어둠의 바다* 여기저기로 떨어지고 있었다. 왕궁 광장 근처에 와서 자신의 *로크*를 찾아 분주하게 움직이던 많은 스피온들이 넋을 잃고 그 광경을 바라보고 있었다. 로크는 바닥에 박혀있는 다양한 길이의 지팡이로 벨리타의 스피온들이 흔들리는 물살에 휩싸이지 않고 자신의 자리를 지키기 위해 필요한 자리에 만들어 세운 것이다.

"우리가 여기서 같이 저 광경을 본 것이 엊그제 같은데 벌써 6년이나 되었구나. 그때 우린 너무 어렸지. 네가 무섭다면서 내 뒤에 숨었던 것 기억나지 라키네? 세월 참 빠르다."

"내가 언제? 네가 내 뒤에 숨었지!"

라키네가 눈을 동그랗게 뜨고 대답하자 티리카가 라키네의 어깨를 툭 치며 말했다.

"됐다, 옛날 얘긴 그만하자! 하여튼 장관이야."

"저것을 *빛의 방울*이라고 불렀지 아마? 왜 프라미안 기간엔 저런 일이 생기는 건지 우리 둘 다 무척이나 궁금해 하지 않았나? 어느 누구도 명확한 대답을 해주지 않았잖아."

"스피사틀란의 특별한 교육방식이지. 자연현상에 대해선 언제나 스스로 답을 구해보라고 가르쳤잖아."

라키네가 무심한 표정으로 말했다.

"궁금했던 마음을 끝까지 유지했던 친구들은 결국 스스로 답을 구했을지도 모르지. 하지만 나처럼 무기력했던 아이는 질문하고자 했던 의지마저도 머리에서 지워버렸지."

"그래서 너는 그 나이가 되도록 아는것이 없구만!"

티리카의 비아냥에 라키네가 웃으며 답했다.

"그래서 아는 것 많은 네게 꼭 붙어있는 것 아닌가, 너는 답을 알고 있겠지, 티리카?"

집요한 구석이 있는 티리카가 말을 이었다.

"누구도 명쾌한 답을 주지는 않았어. 하지만 여러 스피온들의 이야기를 종합해 보면…"

"종합해 보면?"

"프라미안 시기엔 *빛의 바다*에 셀 수 없이 많은 에이닉과 디모닉들이 모인다더군. 그 반짝이는 플랑크톤을 가득 품은 바닷물이 평소보다 무거워져서 에실란에 싸여 *어둠의 바다*로 떨어진다는 거야."

"그럴 수도 있겠네."

"그 이야기 말고는 설명할 길이 없어."

라키네가 고개를 끄덕이며 티리카의 손에 낀 반지를 보고 한마디 했다.

"예쁘다, 반짝이는 거 무슨 돌이야?"

"유티마라는 돌이야. 초록빛이 아름답지? 네게 주려고 만들고 있는 것도 있어. 유티마가 하나 더 있거든. 이 반지 하나면 어두운 곳에서도 길을 찾을 수 있어. 내가 페디아누를 닮고 싶어 한다는 거 알지?"

라키네는 그 이름을 처음 들었다.

"페디아누가 누구야?"

왕궁에 모인 수많은 스피사틀란 스피온들의 눈에 셀수 없이 많은 *빛의 방울*들이 떨어지고 있었다. 작은 것은 지름이 1디크, 즉 한 스피온의 길이 정도 되었고 큰 것은 지름이 5디크가 넘는 것도 있었다. *빛의 방울* 대부분은 스피룬을 비껴가서 깊은 바다 아래로 떨어졌지만 일부는 왕궁 광장이나 젠드로 떨어지기도 했다. 그것들은 젠드의 지붕이나 바위 혹은 바닥에 닿으면 바로 터져버렸다. 그러면 그 속에서 반짝이던 에이닉과 디모닉이 어둠의 바다에 넓게 퍼지며 사라졌다. 그리고 찢어진 에실란 조각들은 다시 에실란 막이 있는 곳으로 춤을 추듯 흔들리며 올라갔다.

원형의 왕궁 광장 테두리에 설치되어 있는 로크는 전설속의 동물 바라낙의 뼈로 만들어졌다고 했다. 광장을 둘러싸고 설치된 수십개의 로크는 길이가 8디크 정도로 보였고 그 안쪽의 로크는 5디크 정도 되는 것 같았다. 속속 도착한 스피온들은 물살에 휩싸이지 않도록 서둘러 자신의 신분에 맞는 로크를 잡았다. 로크의 끝에는 전사의 깃발이 달려있었다.

라키네와 티리카도 로크가 있는 곳에 도착했다. 티리카가 로크의 끝을 올려다보며 벅찬 표정으로 말했다.

"라키네 믿어져? 이렇게 거대한 뼈를 가진 생물이 벨리타 바다를 헤엄치고 다녔다는 게?"

"젠더시스와 함께 자취를 감췄다지 아마?"

티리카가 이번엔 호기심 가득한 눈빛으로 말했다.

"그랬다고 하지. 바라낙이 영영 사라진 이후부터는 바란의 뼈를 사용했다고 했어. 바라낙을 내 눈으로 볼 수만 있다면 지금 죽어도 여한이 없을 거야..."

전사교육을 받은, 힘이 넘치는 젊은 스피온들은 왕궁 광장과 가까운 앞쪽 로크로 향했고 전사가 될 수 없는 스피온들은 뒤쪽의 로크를 하나씩 차지했다. 라키네는 늘 하던대로 뒤쪽의 로크를 잡았다. 티리카도 라키네의 옆에 자리했다.

"티리카, 전사는 앞줄로 가야지!"

"난, 그런거 신경쓰고 싶지 않더라. 어느 줄이면 어때? 라키네, 저기 검은 모안을 입은 잘생긴 스피오 보여?"

라키네가 보기에 그는 그저 특별할 것 없는 여러 스피오 중 하나일 뿐이었다.

광장 바닥에 깔린 조약돌들이 *빛의 방울*을 반사하며 더욱 아름답게 보였다. 스피사틀란 왕궁은 대륙이 가라앉을 때 일부분이 부서지고 금이 갔으나 워낙 튼튼하게 지어졌기에 그리 큰 손상은 없었다. 로크를 마주하고 있는 광장의 반대편엔 대륙의 경사면에 따라 조성된 왕궁의 입구가 있다. 그곳에 있는 왕좌의 양 옆으로 커다란 조개 페르낙의 껍데기로 만들어진 두 개의 관이 보였다. 원로원 의원들과 나이든 스피온들은 왕궁의 중앙 바닥에, 그 뒤의 바닥엔 중년의 스피온들이 자리를 잡았다. 잠시 후 우아한 모안을 두른 두 스피란이 왕궁에서 나와 왕좌의 양 옆에 달린 로크를 잡았다. 그리고 뒤를 따라 스파사틀란의 왕 에오란이 나와 왕좌에 앉았다. 그의 얼굴은 지난번 모습보다 훨씬 더 수척해 보였다. 그는 슬픈 눈으로 그의 백성들을 지그시 바라보았다. 그 자리에 모인 모든 스피온들이 에오란의 움직임에 집중했다. 소리 없이 왕궁 광장에 내리는 *빛의 방울*이 시시각각 변해가는 에오란의 미묘한 감정들을 모든 스피온들에게 드러냈다. 드디어 그가 무겁게 입을 열었다.

"희망이 사라진 시기에 위대한 두 전사의 장례를 치르게 되어 말로 표현할 수 없는 참담함이 *어둠의 바다*에 가득하다."

에오란의 눈에 담긴 슬픔이, 왕좌의 로크를 잡고 있는 두 스피란의 하늘하늘한 모안의 움직임을 통해서 물 속에 번지는 것 같았다.

"나의 양 옆에는 스피사틀란 역사상 가장 위대했던 두 스피온이 잠들어 있다."

모두의 눈이 두개의 관으로 향했다.

"저 속에 전설 속의 그분들이 누워 있다니...."

침묵을 깨고 웅성거리는 소리가 여기저기에서 들렸다.

에오란이 말을 이어갔다.

"이제까지 그대들에게 여기에 모신 두 전사의 이야기를 자세히 들려줄 기회가 없었다. 지금부터 112년 전 그러니까 나의 어머니의 어머니 에타가 왕위에 있던 시절 에실란을 뚫고 내려온 한 스피란이 있었다. 자신을 젠다크의 유리오트라고 소개한 그는 자신의 가문이 대대로 젠다크의 왕을 모셨다고 했다. 에타는 유리오트의 강직한 눈매에서 깊은 신뢰를 느꼈다고 했다.

유리오트가 전한 이야기에 따르면 스피룬이 가라앉은 이후에도 이리야크가 이끄는 디오락의 전사들은 무자비하게 젠드록을 공격했으며 그 결과로 많은 젠다크 족이 그들에게 비참하게 희생당했다고 했다. 하지만 얼마 가지 않아 프람의 거대한 힘에 두려움을 느낀 이리야크는 그 힘을 분산시키고자 그것을 깨서 그 조각을 자신의 두 아들에게 나누어 주었다고 했다. 그의 두 아들 레클란과 트라리안은 디오크 대륙을 동서로 나누어 자리잡고 그들만의 독자적인 디오락 왕국을 건설한 후 그 대륙을 각각 *이누디오크*(디오크의 동쪽), *에핀디오크*(디오크의 서쪽)라 불렀다고 했다."

라키네는 전에도 얼핏 유리오트에 대한 이야기를 들은 적이 있지만 왕의 입을 통해 명확한 이야기를 듣는 것은 이번이 처음이었다. 에오란은 말을 이어갔다. "에타와 원로원은 유리오트의 이야기를 듣고 스피룬이 원래의 자리로 되돌아갈 방법은 결국 젠더시스가 가지고 있던 그 프람의 조각들을 모두 이리야크의 후손들로부터 빼앗아 오는 것 밖에 없다고 결론지었다.

스피룬이 가라앉을 당시 에실란의 막 속에서 비참하게 죽어갔던 우리 스피사틀란족에 대한 이야기도 여러분은 이미 들어보았을 것이다. 에타는 유리오트가 스피룬의 바다를 덮고 있는 에실란 층을 통과하는 방법을 우리의 전사들에게 알려줄 수 있을 거라고 생각했다. 하지만 이런 열악한 환경에서 훈련한 전사들이 강력한 스피오로 구성된 디오크의 전사들과 맞설 수 있을지는 알 수 없었다. 그럼에도 불구하고 신의 도움을 받아 우리의 전사가 프람을 찾아온다고 해도 에타와 원로원은 그것을 어떻게 사용해야 스피룬에 도움이 되는지에 대해 아는 바가 없었다."

라키네는 조용히 눈을 감고 자신을 흔드는 물결에 몸을 맡긴 채 에오란의 이야기에 몰입했다.

"아무런 대책이 나오지 않던 그때 한 원로원 의원이 잘 훈련된 젊은 전사들을 디오크로 올려 보내서 그곳의 통치자와 협상을 하게 하자는 제안을 했다. 그는 전사들이 프람을 가져온다면 좋겠지만 그것이 보관되어 있는 위치만 알아온다고 해도 큰 수확이라고 했다.

디오락 역시 더 이상의 전쟁은 원하지 않을 것이기에 스피사틀란의 명확한 뜻을 전달하면서도 디오크를 긴장시키지 않으려면 오히려 적은 수의 전사가 가는 것이 좋겠다고 했다. 그 계획을 듣고 지원했던 스피사틀란의 여러 전사들 중 그 의원의 눈에 들어온 전사는 단 둘이었다. 그들은 예기치 않은 일이 벌어졌을 때 자신의 몸을 보호할 수 있는 최소한의 무장만을 한 채 모든 스피사틀란의 기대를 안고 에실란을 통과하여 디오크의 두 통치자에게로 향했다."

에오란이 고개를 움직여 그 자리에 모인 스피온들을 하나하나 쳐다보며 다시 입을 열었다.
"그들은 기대 이상으로 훌륭하게 그 일을 수행했다. 얼마 후 용감한 두 스피온이 둘로 쪼개진 프람을 하나씩 가지고 우리에게 다시 왔으니."
그 때 *어둠의 바다*에 점점 더 많은 *빛의 방울*이 내려오기 시작했다.
"여기 스피사틀란의 가장 위대한 두 전사가 누워있다. 에미소드, 나레이드!"

에오란이 왕좌의 좌우에 놓여진 페루넴 관을 번갈아 쳐다보며 말했다.

"두 전사는 스피룬으로 돌아온 후에도 가정을 이루지 않고 여전히 끈끈한 우정을 맺고 살았으며 에미소드가 세상을 떠나고 얼마 후 나레이드도 그의 뒤를 따랐다. 두 전사는 스피룬이 예전의 모습으로 돌아가기 전에는 장례를 치르지 말라고 유언했기에 우리는 그런날이 오기를 바라며 오랜 시간을 기다렸다. 하지만 그런 영광은 우리에게 다시 오지 않을 것 같다. 에타는 그의 바람대로 젠더시스가 가지고 있던 프람을 모두 얻었지만 그것을 어떻게 사용해야 하는지 몰랐고 그건 나도 마찬가지다. 그래서 이번 프라미안 기간에 두 전사의 장례식을 치르기로 한 것이다. 지금 스피사틀란은 프람을 가지고 있기 전보다 더 큰 절망 속에 놓여 있음을 여러분들에게 고백하지 않을 수 없다. 에실란은 점점 더 두꺼워지고 있고 그만큼 스피룬의 바다도 어두워지고 있으며 그로 인해 우리가 숨쉬는 것도 더 힘들어지고 있다. 스피사틀란의 왕으로서 크나큰 책임감을 느낀다."

왕의 슬픔은 왕궁의 광장 바닥에 자리 잡은 원로원 의원과 나이든 스피온들로, 그리고 그 자리에 모인 스피온들 전체로 퍼져가고 있었다. 로크를 쥔 티리카의 손이 부들부들 떨리고 있었다.

"그래서 *빛의 방울*이 왕궁을 수놓는 오늘, 오래 기다리던 두 위대한 전사의 장례식을 치르게 된 것이다. 아마도 이것이 왕국의 마지막 공식 행사가 될 것이다."

스피온들의 절망섞인 탄식이 여기저기서 터져 나왔다. 에오란은 지그시 눈을 내리깔고 광장의 중앙을 응시했다. 라키네는 에오란이 마음속에 간직하고 있는 깊은 이야기를 꺼낼 준비를 하고 있다고 생각했다. 에오란은 잠시 후 천천히 고개를 들어 광장 중앙에 도열해서 앉아있는 원로원들과 나이든 스피온들을 지그시 바라보며 입을 열었다.

"힘든 시기를 나와 함께 보냈던 원로원 의원과 나이든 스피온이여. 그대들과 지내왔던 긴 시간들은 내겐 크나큰 영광이었고 그 세월들은 스피사틀란의 역사가 되었소. 그 모든 순간들을 결코 잊을 수 없을 것이오.

그리고 절망스런 시금 이 순간조차 그대들과 함께 마음을 나눌 수 있다는 것이 내겐 큰 위로가 되고 있음을 잊지 않기를 바라오."

에오란은 이번엔 원로원과 나이든 스피온들의 뒤에 앉아 있는 중장년의 스피온들을 쳐다보며 말했다.

"스피사틀란의 든든한 기둥이 된 스피온이여. 그대들이 젊을 때 디오락에게 복수하겠다며 하루도 쉬지 않고 전사의 훈련을 받았던 것을 내 기억하오. 하지만 안타깝게도 그 모든 노력들은 결실을 맺지 못했소. 내가 무기력해진 만큼 그대들의 몸과 마음도 지쳐 버렸을 것이오. 앞으로 어떤 일이 우리 앞에 나타나더라도 스스로를 위로하며 담대하게 헤쳐나가길 바라오."

에오란의 눈은 이제 앞쪽의 로크를 잡고 있는 젊은 스피온들을 향했다.

"오 스피사틀란의 미래, 나의 사랑 젊은 스피온아. 과거의 영광을 되찾기 위해 전사로 키워진 우리의 자랑. 너희들은 쉼없이 훈련하였기에 이미 모든 실력을 갖춘 전사로서 손색 없음을 알고 있다. 동료들과도 치열하게 경쟁하며 디오락을 향한 복수심을 놓지 않았지.

하지만 이제 무모한 전사의 교육을 하지 않을 것이다. 너희들의 힘을 더 이상 낭비하지 말고 오늘부터라도 자신을 위해 살기 바란다. 이제 스피사틀란이 너희에게 바라는 것은 없으니."

그런 말을 하는 에오란의 눈에서 희망이 사라지고 있는 모습을 보는 것은 모든 스피사틀란의 스피온들에겐 참기 힘든 고통이었다. 마지막으로 그는 고개를 들고 가장 뒤쪽의 로크를 잡고 있는 연약한 스피온들을 바라보며 입을 열었다.

"몸과 마음에 상처 입은 여린 스피온아 너희들에겐 미안하다는 말 밖에 할 말이 없구나. 스피룬이 가라앉을 때 지반에서 뿜어져 나온 뜨거운 에실란은 너희들에게 큰 상처를 입혔지. 또 어떤 스피온은 젠드 건축을 위해 위리트 지역에 갔다가 뜨거운 기포로 인해 말못할 상처를 입었지. 그러니 너희가 입은 상처는 너희의 잘못도 아니고 너희만의 것도 아닌 것. 우리 모두를 대신해서 얻은 상처이며 스피사틀란 전체가 책임져야 할 아픔이다. 하지만 우리는 흉터를 가진 스피온은 약하다고 생각해서 전사교육을 시키지 않았지.

너희의 의지와 상관없이 말이지. 나는 너희의 절망을 느꼈지만 그건 우리 전체가 감당해야 할 운명이라고 생각했다. 하지만 모든 희망이 사라진 지금에 와서 그 모든 것들이 무슨 상관이란 말인가?"

아주 잠깐이었지만 그 순간 라키네는 에오란과 눈이 마주쳤다고 느꼈고 그의 눈이 자신의 과거를 꿰뚫어 보고 있다는 생각이 들었다.

"오늘 우리는 가장 경건한 마음으로 두 전사 에미소드와 나레이드를 놓아줄 것이다."

에오란이 말을 마치자 스피룬의 바다에 정적이 흘렀다. 모든 스피온들이 슬픔에 잠겼고 어떤 스피온도 입을 열지 않았다. 그런데 얼마 후 왕궁 방향으로 오고 있는 거대한 라크의 무리가 보였다. 그 수가 예닐곱은 되는 것 같았고 큰 것은 길이가 10디크는 되어 보였다. 로크를 쥔 스피온들의 손이 긴장으로 떨렸지만 아름다운 그들의 움직임에서 눈을 떼지 못했다. 라크의 무리를 보는 것은 라키네와 티리카에게도 신기한 일이었다. 라크의 무리는 마치 두 전사를 추모라도 하는 듯 왕궁 광장을 한바퀴 돌더니 어둠 속으로 사라졌다.

라크 무리의 움직임은 뒤늦게 스피룬의 바다에 잔잔한 파동을 일으켰다. 가장 뒤쪽의 로크를 잡고 있던 연약한 스피온들은 혹여라도 그 물결에 휩싸이지 않도록 더욱 세게 로크를 잡았다. 갑자기 라키네의 심장이 거세게 뛰었다. 등 부위의 흉터가 뜨거워지며 로크를 잡은 손이 펴졌다. 그 순간 바닥에 닿아 터진 후 원래 있던 자리로 올라가던 많은 에실란의 조각 중 하나가 라키네를 휘감았다. 라키네의 귀에 티리카의 다급한 소리가 들렸다.

"라키네!"

디소녹의 선택

원로원 소속의 스피란 디소녹 의원이 늦은 저녁시간
에 전사들의 훈련장으로 에미소드를 찾아갔을 때 그
는 구석에 있는 탁자에 앉아서 네아킨의 촉수로 만든
화살촉을 쑤낙의 껍데기에 정성스럽게 갈고 있었다.
에미소드 말고도 몇몇 스피온들이 그곳에서 훈련을
하고 있었다. 에미소드는 무엇이든 직접 만드는 것을
좋아했기에 앞으로 전사로 살 수 없다면 휴메린처럼
다른 스피온들을 위한 무기나 투구 등을 만드는 일을
하며 살 것이라고 생각했다.

"에미소드."

에미소드는 누군가 자신을 부르는 소리에 뒤를 돌아 보고는 디소녹 의원에게 정중히 고개를 숙여 인사했다. 훈련을 하고 있던 서넛의 스피온들이 호기심 어린 눈으로 둘의 만남을 지켜보았다. 에미소드는 누구보다도 유연하게 헤엄치는 방법을 알고 있었으며 문제가 닥쳤을 때 빠른 결단력으로 대처할 수 있는 몇 안 되는 스피란 중 하나였다. 그리고 그는 지나간 일에 미련을 갖지 않았다. 존경하는 원로 디소녹 의원이 그에게 디오락 행을 제안했을 때 그는 이제껏 그가 보여주었던 행동에 대한 당연한 결과가 온 것뿐이라고 생각하고 그 상황을 담담하게 받아들였다.

"에미소드, 그렇게 대답할 줄 알았네."

에미소드는 그 대답이 자신이 살아서 돌아오지 못할 수도 있다는 것을 의미하는 것임을 잘 알고 있었다. 하지만 자신의 이름은 스피사틀란 역사에 길이 남는 이름이 될 것이었다.

"내일 날이 밝으면 피카루트를 찾아가게, 앞으로 얼마간 자네를 특별 지도하게 될 스피란이야. 젠드 1-3-109 으로 가면 그를 만나게 될 거야."

피카루트는 겪어보지 않은 일이 없을 만큼 다양한 생존 경험을 갖춘 스피란임을 에미소드는 익히 들어서 알고 있었다. 그날 밤 잠자리에 누운 에미소드는 깊게 잠들지 못했다.

다음날 아침 피카루트는 그를 찾은 에미소드의 얼굴에 빛을 머금은 오파린 주머니를 갖다 대고 눈동자를 관찰했다. 주머니에서 밝은 빛이 새어나오는 것으로 보아 많은 수의 에이닉이나 디모닉이 들어있음을 짐작할 수 있었다. 에미소드의 왼쪽 팔에 새겨져 있는 전사의 문신이 그 빛을 받아 더욱 선명하게 보였다.

"이쪽을 보겠나?"

피카루트의 지시에 따라 에미소드의 동공이 빠르게 반응했다. 에미소드는 피카루트가 보여주는 절도있는 동작과 미세한 표정을 놓치고 싶지 않았다. 그의 행동에서 그를 만난 모든 전사를 느낄 수 있을 것 같았다. 잠시 심각한 표정을 짓던 피카루트가 숨을 가다듬고 이렇게 말했다.

"이제 뒤를 돌아봐."

그 공간의 물결 전체가 그의 움직임에 따라 반응하고
있었다. 그는 에미소드의 긴 머리를 들어 올려 등 지
느러미의 상태를 유심히 관찰한 후 서랍에서 유르크
의 피로 만든 약을 꺼내어 발라주며 말했다.

"지느러미 한 곳이 약간 찢어져 있군. 아주 작은 상처
라도 몸의 균형감을 잃게 한다는 것을 항상 명심해야
한다. 그리고 여러 바다생물들의 특징들을 알아두는
것도 매우 중요하지."

이번엔 의자를 내어주었다.

"앉아 에미소드, 숨을 참아 본 적 있나?"

"없습니다."

"넓은 바다에는 로크가 없다. 그런 곳에서는 숨을 작
게 나누어 쉴수록 자신의 자리를 유지하기가 쉬워진
다. 한 장소에 오래 있어야 한다면 근처 바위에 끈으
로 손목을 묶는 것도 좋은 방법이지. 그리고 에실란
속에서는 숨을 쉴 수가 없다는 것을 알아야 해. 숨을
참으면서도 평소와 같은 기량을 발휘할 수 있어야 진
정한 전사가 될 수 있다. 내일 이 시간에 여기로 다시
오게. 그 때쯤이면 상처가 아물었을 것이야".

에미소드는 피카루트에게 숨을 참고 힘을 쓰는 법 외에도 데뮨과 오파린 사이에 몸을 숨기는 법, 물살을 이용해서 속도를 조절하는 법, 어떤 상황에서도 당황하지 않고 현명한 결단을 내리는 방법 등을 배웠다. 며칠간의 교육을 마치는 날 그는 이렇게 말했다.

"내일 아침 젠드 3-1-214로 휴메린을 찾아가."

다음날 에미소드는 직접 만든 활을 가지고 그곳을 찾아갔다. 붉은빛이 도는 그 활을 세심히 살펴보던 휴메린이 입을 열었다.

"어떤 재료로 만든 건지 설명해 보겠나?"

"활은 젠드 주변에서 발견한 라크의 갈비뼈로 만들었습니다. 활시위 역시 라크의 힘줄로 만든 것이구요. 화살촉은 네아킨의 촉수를 깎아서 만든 것입니다.

"활은 무엇으로 깎았지?"

에미소드는 평소 가지고 다니던 칼을 왼쪽 모아닌에서 꺼내 보였다.

"특별한 건 아닙니다. 선배가 쓰던 것을 물려 받아서 사용하고 있습니다."

"작은 칼은 주로 에도라크의 뼈를 사용해서 만들지, 더 날카로운 걸 좋아하는 스피온은 아멜리드의 등갑이나 데뮨의 껍데기를 사용하기도 하고."

휴메린이 활시위를 만져보며 말했다.

"라크의 힘줄은 활시위로 적당하긴 하지만 더 좋은 건 레닉의 힘줄이야. 그런데 그건 구하기가 어렵지."

이번엔 그가 활을 유심히 살피며 말했다.

"이건 라크의 뼈가 아니야, 많은 스피온들이 헷갈려하긴 하지. 골격의 크기와 골결의 폭 만을 보고 그렇다고 생각하거든. 라크란 놈은 식사 후 오파린으로 입가심을 하는 버릇이 있어. 그런데 오파린은 뼈의 밀도를 촘촘하게 해 주기도 하지만 보라빛을 띠게 하거든. 그런 식습관 덕에 라크가 에도라크보다 오래 사는 것이라고 말하는 스피온도 있어. 이곳이 아무리 어둡다 해도 맑은 눈을 가지면 이 정도는 구분할 수 있다. 활에서 붉은빛이 난다는 건 그것이 라크가 아닌 에도라크의 뼈로 만들어졌다는 증거가 되는 거야. 에도라크의 뼈는 라크의 것에 비해 부러지기가 쉬워."

잠시 후 휴메린은 에미소드의 눈을 쳐다보며 말했다.

"그러니 스피사틀란의 전사는 자신과 스피룬의 미래를 위해 무엇을 먹어야 할지도 고민해야 한다."

에미소드는 어릴적 부터 닮고 싶었던 전설의 무기제작자 휴메린과 이런 대화를 나눈다는 사실이 믿기지 않았다. 그의 작업실 벽엔 스피사틀란 전사라면 누구가 잘 알고 있는 모양의 무기들로 가득했다. 모두가 그의 손 끝에서 탄생한 것이었다.

"젠드 2-4-311로 페디아누를 찾아가. 그 스피란이 네게 가장 적합한 전사의 옷을 만들어 줄 거야."

에미소드가 며칠 뒤 그곳으로 갔을 때 페디아누는 보이지 않았다. 그곳에 있던 장에는 많은 수의 모안과 모아닉, 가면과 머리장식, 팔장식 등이 빽빽하게 정돈되어 있었다. 에미소드가 페디아누를 기다리며 자신에게 어울릴 만한 모안을 고르고 있을 때 등 뒤에서 어떤 기척이 느껴졌다. 순간 오싹한 기운을 느낀 에미소드는 모아닌에서 잽싸게 칼을 꺼내들고 뒤돌아서 그쪽 방향을 겨누었다. 그의 눈앞에는 가면으로 얼굴을 가린 한 스피란이 창으로 자신을 겨누고 있었다.

나레이드는 왕궁의 명을 받아 대대로 사냥을 하는 가문에서 태어났다. 스피사틀란의 왕실은 나레이드 가문이 제공한 식량으로 배를 채웠다. 그는 어릴 적부터 자신보다 큰 덩치의 상대를 만났을 때 어떤 방식으로 피하거나 맞서야 하는지를 바다생물과의 실전을 통해 익혔다. 다른 스피온들과 경쟁을 해야 할 때도 그는 조상의 경험으로부터 이어받은 탁월한 기량과 생존시술을 보여주었다.

나레이드는 어린 시절 가문의 규율을 어기고 여러 번 혼자서 사냥을 나간 적이 있었지만 매번 성공하고 돌아왔다. 그는 전사의 교육을 받을 때에도 항상 디오락의 전사들과 맞닥뜨린다는 상상을 머릿속에서 지운 적이 없었다. 그리고 도전과 모험을 좋아했기에 가끔 아무도 가보지 않은 동굴을 탐험하기도 했다. 어떤 동굴은 입구가 너무 좁거나 내부에 날카로운 돌들이 많아서 들어가기 어려워 보였지만 다른 이들로부터 듣는 위험하다는 이야기는 그에게 더 큰 자극이 될 뿐이었다. 그럴수록 그가 도전해야 할 이유는 더 커졌다.

그는 또한 디오락의 전사들은 스피사틀란 전사들과 달리 덩치 큰 스피오들로 구성되어 있다는 것을 잊지 않았으며 그런 상대를 이기기 위해선 날렵한 행동과 빠른 결단력이 가장 중요하다는 것을 잊지 않으려 노력했다. 그리고 자주 이런 생각을 했다.

"만약 에실란 속에서, 아니면 디오락의 바다에서 이런 상황에 처한다 해도 흔들림 없는 확신을 가지고 나와 스피사틀란을 살리는 현명한 선택을 할 수 있을까?"

나레이드가 가면을 쓰고 페디아누의 작업실에 침입한 낯선 스피온을 겨누는 순간 젠드의 문이 열리고 우아한 모양을 두른 스피란이 들어왔다. 서로를 경계하던 두 스피란이 동시에 문 쪽을 쳐다보며 소리쳤다.

"페디아누?"

두 스피란은 그제서야 서로가 같이 훈련했던 동료임을 알아보았다. 페디아누는 에미소드와 나레이드의 몸놀림과 훈련 시 버릇 등을 파악한 후 그들이 임무를 수행하기에 적합한 모안을 만들어 주었고 그들이 원하는 크기의 모아닌도 만들어 주었다.

에미소드와 나레이드는 유리오트로부터 에실란을 어떻게 통과할 수 있었는지 자세히 들을 수 있었다. 그리고 피카루트의 가르침에 따라 필요할 때 숨을 참는 기술, 좁고 긴 동굴을 통과하는 기술, 칼과 활과 창을 효과적으로 사용하는 방법, 어둠 속에서 미세한 물결의 파동만으로 상대의 움직임을 순식간에 알아차리는 방법 등을 배우고 익혔다. 그리고 극한의 상황에서 작은 움직임으로 비상식량을 마련하는 법, 물고기 뼈를 이용하여 간단한 무기를 만드는 법, 의도치 않게 자신이 먼저 적에게 노출되었을 때 현명하게 대처하는 법도 배웠다.

안내자 유리오트

십여 일 뒤, 유론의 빛이 은은히 어둠의 바다에 비치는 한밤중에 에미소드와 나레이드는 유리오트를 따라 스피룬을 벗어나 한참을 위로 올라갔다. 세 스피온이 물살을 가르는 동안 어떠한 소리도 들리지 않았다. 나레이드는 칼을 준비했고 에미소드는 평소 잘 사용하는 활을 준비했다. 두 전사는 유리오트가 물살에 크게 휩쓸리지 않고 수직으로 오르는 모습을 보고 그가 숨을 참고 헤엄치고 있다고 생각했다. 잠시 후 세 스피온은 에실란 바로 밑에 닿을 수 있었다. 유리오트가 미간을 찌푸리며 에실란 여기저기에 닿는 미세한 빛의 차이와 주변의 상황을 고루 파악한 후 말했다.

"나는 이 근처에서 에실란을 뚫고 내려왔어. 이곳을 찾아서 다행이야. 너희들에게 길을 잘 안내하려면 여기를 반드시 찾았어야 했거든."

그동안 *어둠의 바다*에서 살다 죽어간 수많은 스피사틀란족의 천장과 그늘이 되었던 에실란, 나레이드가 먼저 손을 뻗어 그것을 만져보았다. 자신의 살을 만지는 것처럼 부드러웠다. 유리오트가 입을 열었다.

"에실란에 너스의 빛이 닿으면 온도가 올라가고 그럴수록 에실란은 부드러워진다. 하지만 주변이 너무 밝다면 에실란을 통과한 후에 디오락족의 눈에 띄기도 쉽겠지. 그러니 에실란을 통과할 적절한 시간을 선택하는 것, 그것만큼 중요한 것은 없다."

잠시 후 은은했던 유론의 빛마저 사라지고 벨리타의 바다에 완전한 어둠이 찾아왔다.

"이제 몇시간 후면 너스가 떠오를거야. 에미소드, 너는 너스의 반대쪽으로 헤엄쳐 가야한다. 몇 시간을 가다보면 오른쪽에서 깎아지른 듯한 경사면을 발견하게 될 거야. 거기에서 에실란을 통과해도 좋을 것 같다.

경사면을 따라 한참을 헤엄쳐 오르다 보면 레클란이 통치하는 이누디오크에 이르게 될 거야."

에미소드는 자신의 분신과 같은 활을 부여잡고 어둠 속에서 조용히 고개를 끄덕였다.

"나레이드, 너는 이누디오크를 지나쳐서 한참을 더 헤엄쳐 가야 한다. 너는 다른 스피온보다 빠르니 아마 사흘 정도만 더 가면 될 거야. 경사진 대륙 디오크의 서쪽 끝이 바로 트라리안이 통치하는 에핀디오크다."

나레이드 역시 비장한 각오로 고개를 끄덕였다.

"너희는 스피사틀란의 미래다. 행운을 빈다."

유리오트는 강렬한 눈빛으로 짧은 이야기를 남기고 스피룬의 깊은 어둠속으로 되돌아갔다. 둘은 함께 너스의 반대쪽으로 몇 시간을 더 헤엄쳐 갔다. 여명의 시간 즈음에 둘은 유리오트가 이야기 했던 경사면에 도착했다. 에실란이 경사진 대륙의 단면을 꼼꼼히 둘러싸고 있었다. 에미소드가 굳은 표정으로 나레이드를 쳐다보며 말했다.

"난 더 늦기 전에 여기서 에실란으로 들어가야겠어."

"에미소드, 행운을 비네."

나레이드 역시 에미소드에게 이 말을 남기고 서둘러 서쪽의 어둠 속으로 헤엄쳐 갔다.

에미소드는 너스의 새벽빛을 받는 에실란의 변화를 손으로 느끼며 모아닌에서 작은 칼을 꺼내어 에실란을 파헤치기 시작했다.
'스피룬이 붕괴될 때 얼마나 많은 스피사틀란의 스피온들이 이 속에서 죽어갔을까?'
너스의 빛은 점점 더 밝아오고 있었고 에실란은 노란 빛깔을 띠며 부드러워지고 있었다. 에미소드는 마음이 급해졌다. 그가 통과한 에실란의 빈 자리는 빠르게 메워지고 있었다. 그는 피카루트에게 배운 대로 숨을 참을 준비를 하고 있었다.

에핀디오크에 간 나레이드

에핀디오크로 출발한 나레이드는 에미소드보다 먼저 임무를 완수하고 스피룬으로 돌아가고 싶었다.

'난 가장 용감한 전사로 오래도록 기억될 거야. 그런 꿈을 가진 스피온에게 감정 따위는 중요치 않지.'

그는 두려움과 외로움을 뒤로 하고 에실란 바로 아래에서 사냥한 에루넴과 피노로 배를 채우며 꼬박 사흘을 더 헤엄쳐 갔다. 늦은 밤 그는 유리오트가 말한 장소에 도달할 수 있었다. 그리고 거기에서 숨죽이며 새벽이 오기를 기다렸다.

'에미소드는 이미 이누디오크에 도착했겠지?'

그는 빛에 따른 미세한 온도 변화를 손 끝으로 느껴가며 에실란의 이곳저곳을 눌러본 후 들어가기에 적당하다고 생각되는 장소를 발견했다. 그리고 모아닌에서 준비한 칼을 꺼내어 에실란의 막을 파낸 후 그 속으로 들어가기 시작했다. 속이 차 있을 것이라는 생각과는 달리 그 속엔 빈 공간들이 여러군데 있었는데 그곳에서 움직이지 못해 죽은 물고기들도 있었다.

'여기를 벗어나는 건 간단한 일이야. 간단한 일이야.'

나레이드는 두려움에 빠지지 않도록 자기암시를 하며 계속 에실란을 파고 들어갔다. *빛의 바다*에 가까이 갈수록 주변이 눈에 띄게 밝아지고 있었다. 나레이드가 통과한 구멍은 서서히 메워지고 있었다.

"나레이드! 나레이드!"

그때 에실란 속 어딘가에서 누군가가 자신을 부르는 소리가 들리는 것 같았다. 나레이드는 소리나는 곳으로 돌아보았으나 그곳엔 아무것도 없었다. 그는 스피룬이 어둠 속으로 가라앉을 때 많은 스피온들이 에실란 주변에서 환청증세로 인한 혼란으로 길을 잃었던 이야기를 들었던 적이 있었다.

쉬지않고 파고 들어가던 나레이드는 얼마 후에 에실란을 완전히 벗어났다. 그가 통과한 구멍은 곧 메워졌다. 한번도 경험해보지 못한 강렬한 너스의 빛이 그의 몸 여기저기를 툭툭 건드리고 있었다. 나레이드는 거기에서 오는 따스함을 온전히 느껴보고자 눈을 감았다. 평화로움이라는 것이 눈꺼풀을 통해 온 몸으로 전해지는 느낌이 들었다.

'이건, 열심히 살았던 내 삶에 대한 보상.'

눈물이 날 것처럼 행복했던 순간도 잠시, 너스의 평화가 이곳에만 있었다는 사실을 생각하니 신이 원망스러웠다. 너스의 빛이 경사면에 가득한 데뮨 군락과 바닥을 완전히 메운 노란 에실란 전체를 포근히 덮어주고 있었다. 그건 꿈에서조차 상상하지 못했던 아름다운 광경이었다. 스피룬에서 보던 것과는 달리 그곳의 데뮨들은 약간씩 다른 색을 띠고 있었다. 그 중에는 특히 강렬한 보랏빛을 띠는 데뮨도 보였다. *어둠의 바다*에선 결코 볼 수 없었던 색의 향연이었다. 곧 허기가 밀려와서 사냥거리를 찾기 위해 주변을 둘러보았지만 에루넴이나 피노같은 물고기는 찾을 수 없었다.

나레이드는 더 지체하지 않고 단단히 주위를 경계하며 조심스레 에핀디오크 방향으로 몸을 돌려 천천히 전진했다. 이곳은 확실히 *어둠의 바다*에 비해 숨을 쉬기가 더 쉬웠다. 몸의 움직임도 그곳보다 훨씬 가벼워진 것 같았다.

"리트란, 리트란!"
그때 근방에서 누군가를 애타게 찾는 어린 스피온들의 소리가 들렸다. 나레이드는 그들에게 들키지 않도록 날렵하게 데뮨 군락으로 몸을 숨겼으나 모아닌에서 떨어진 칼이 데뮨 껍데기에 부딪혀 명쾌한 소리를 냈다. 순간 6디크 정도 앞에 있던 너덧의 어린 스피란들이 나레이드를 발견하고 어디론가 쏜살같이 사라졌다. 급작스레 눈앞에 닥친 예상치 못한 상황이었다. 나레이드가 떨어진 칼을 잡으려 천천히 몸을 숙였을 때 겁먹은 얼굴로 그를 보고 있는 어린 스피란과 눈이 마주쳤다. 나레이드도 당황스럽긴 마찬가지였다. 그가 낮은 소리로 입을 열었다.
"네가 리트란이구나."

데뮨에 몸이 끼어 움직이지 못하던 어린 스피란이 고개를 끄덕였다. 나레이드는 공포에 질린 그 아이의 표정을 보고 잠깐이지만 투구를 벗어 얼굴을 보여주며 어루만져주고 싶었다. 하지만 이내 불필요한 행동을 하지 않는 것이 좋겠다고 생각했다. 나레이드는 대신 차분한 목소리로 말했다.

"걱정하지 마, 내가 널 구해줄게."

나레이드는 침착하게 칼을 꺼내어 데뮨을 자르고 그 아이를 꺼내어 주었다. 리트란은 몸이 자유로워지자 잽싸게 그곳을 빠져나와 에핀디오크 방향으로 몸을 틀었다. 그러다 잠시 그 자리에서 머뭇대더니 나레이드에게 다시 돌아와서는 모아닌에서 무언가를 꺼내어 나레이드의 손에 쥐어주었다. 나레이드가 자신이 받아 든 것이 무엇인지 확인하려는 순간 그 아이는 다른 스피란들처럼 눈 깜짝할 사이에 사라졌다. 냄새를 맡아보니 그것은 쑤낙의 살로 만든 고기 같았다. 쑤낙은 스피사틀란에서도 어렵지 않게 구할 수 있는 조개류지만 그것의 살은 질기고 영양도 그리 많지 않아서 스피사틀란족은 잘 먹지 않는 음식이었다.

'한참 자라야 할 어린 스피온들조차도 이런 것을 먹는
것을 보니 여기엔 먹을 것이 별로 없는 모양이군.'

나레이드는 그 아이가 쑤낙을 내밀며 지었던 표정이
어떤 의미였을지 곰곰이 생각해 보았다. 얼굴에서 감
정섞인 미묘한 표정을 볼 수 있다는 건 이곳, *빛의 바
다*에서나 가능한 일이었다.

'스피사틀란족의 그 많은 표정들은 *어둠의 바다*가 모
두 삼켜버렸던 거군.'

그렇게 생각하니 실소가 났다. 피카루트는 나레이드에
게 직접 잡은 고기만 먹는 것이 전사의 기본 자세라
고 가르쳤다. 자신 말고는 누구도 믿지 말라는 가르침
이었다. 하지만 몹시 허기에 지친 나레이드는 잠시 고
민하다가 어린 스피란의 진심을 믿기로 하고 그것을
조금 떼어 입에 넣어 보았다. 다행히 독이 들어있는
것 같지는 않았다. 안전할 것이라는 확신이 생기자 나
머지를 모두 입에 넣었다. 예상대로 질기고 형편없는
맛이었지만 배를 채우기에는 충분했다. 나레이드는 정
신을 가다듬고 조금 전 자신의 행동이 어떠한 결과를
몰고 올 지에 대해 생각했다.

'만약 그 아이들이 내가 그곳에 도착하기도 전에 디오 락 전사에게 내 존재를 알리기라도 한다면?'

나레이드는 어린 스피란들이 사라진 방향으로 서둘러 헤엄쳐 갔다. 그 아이들보다 먼저 에핀디오크로 가서 왕을 만나고 싶었지만 아직 왕궁의 위치를 파악하지 못했다. 데뮨군락을 떠나 경사면을 조금 더 오르니 디오락 젠드 기둥의 거대한 기단이 보였다. 그 모습이 상당히 위압적으로 느껴졌다. 오파린으로 만든 붉은 천들이 젠드와 젠드를 연결하고 있었다. 흔들리는 물결을 따라 춤을 추는 오파린 천을 통과한 너스의 빛이 만드는 바다속 풍경은 한 순간도 놓치고 싶지 않을 만큼, 그리고 죽을때까지 잊지 못할 만큼 아름다웠다. 잠시 넋을 놓았던 그는 모아닌 속의 무기들이 제자리에 있는지 확인한 후 천천히 위로 올라갔다. 원형광장을 둘러싼 거대한 *레니킨*들이 이곳이 바로 디오락의 왕궁임을 말해주고 있었다. 벨리타의 거대한 바다생물 레닉. 레닉의 돌출된 등뼈 레니킨은 디오락 왕궁 건축물의 상징이었다.

조금만 더 오르면 왕궁 광장의 바닥이 보일 것 같았다. 몸을 숙이고 경사면을 따라 조금 더 오르려는데 젠드에 걸려있던 오파린 천이 찢어져 물결을 타고 나레이드가 있는 곳으로 다가왔다. 근처의 다른 스피온들도 그 광경을 보고 있다면 나레이드에게로 시선이 모일 것이었다. 서둘러 자리를 뜨려는 순간 뒤에서 기척이 느껴졌다. 나레이드는 전사의 본능으로 칼을 뽑아서 경계 자세를 취했다. 건장한 스피오 하나가 창으로 그를 겨누고 있었고 그 뒤로 스피오들 다섯이 나레이드를 향해 같은 자세를 취하고 있었다. 뒤쪽에 있던 스피오 중 하나가 낮은 소리로 말했다.

"낯선 스피온, 너를 데려오라는 명을 받았다."

예상치 않은 일이 벌어졌다. 나레이드는 누구에게도 들키지 않고 왕에게 접근해서 그를 인질로 삼아 프람을 빼앗을 생각이었기에 그 계획이 어이없게 무너진 현실을 받아들이기 힘들었다. 화가 치밀었다. 그는 경계 상태를 유지한 채로 왕궁 광장으로 올라갔다. 그를 포위한 여섯 스피오들도 서서히 그를 따랐다. 잠시 후 원형의 광장 바닥이 나레이드의 눈앞에 펼쳐졌다.

왕궁의 입구로 보이는 곳 앞에 너스의 빛을 한 몸에 받으며 안정된 자세로 로크를 잡고 있는 거대한 스피오가 있었다. 머리에는 일곱 개의 뿔로 장식된 관을 쓰고 있었고 오른손에는 커다란 창을 들고 있었으며 왼팔엔 한눈에도 무거워 보이는 방패를 차고 있다. 그의 주위에는 두 명의 스피오와 두 명의 스피란이 각자의 로크를 잡고 그를 호위하고 있었다.

그는 이곳을 다스리는 왕처럼 보였다. 그는 여섯 명의 스피오에 둘러싸인 나레이드를 보며 입을 열었다.
"난 에핀디오크의 통치자 트라리안 8세다. 네 모안을 보니 디오락족도 젠다크족도 아닌 것이 분명하군. 넌 어디에서 왔는가?"
그의 발음은 정확했고 목소리는 단호했다.
"스피사틀란, 스피룬의 스피사틀란에서 왔다!"
나레이드는 주눅이 든 감정을 숨기려고 최대한 차분하게 대답했다.
"역시 그렇군, 믿기 힘들겠지만 난 오래도록 너희 스피사틀란족을 기다렸다."

나레이드와 그를 에워싼 스피오들은 이제 광장의 한 가운데로 내려왔다. 트라리안 8세와의 거리는 4디크 정도로 가까워졌다. 전쟁을 일으킨 이리야크의 후손이 마치 자애로운 통치자인 양 행세하는 것도 참기 힘든 일이었지만 그보다 더 나레이드를 화나게 만든 건 어린 디오락의 스피란을 온전히 보내주었던 자신의 신중치 못한 행동이었다. 그것이 지금 자신이 이들에게 포위당한 이유가 되었을 것임이 분명했다. 나레이드는 복잡한 감정이 그에게 드러나지 않도록 담담하려 애쓰며 말을 꺼냈다.

"당신들의 어린 스피란을 구해준 대가가 이거로군. 역시 그 아이들에게 자비를 베풀지 말았어야 했어!"

그의 말에 트라리안이 답했다.

"무슨 이야기를 하는지는 모르겠지만 네가 온 목적은 우리가 가지고 있는 프람을 훔쳐가기 위함이 아닌가? 혹시 네가 우리 전사들에게 발각되지 않고 이곳에 올 수 있었다 해도 과연 너 혼자서 우리가 가지고 있는 프람을 찾을 수 있을까? 넌 그것이 어디에 보관되어 있는지 알 수 있는 방법이 없잖은가?"

"가증스럽게 말하는 군. 내가 스피사틀란의 염원인 프람을 네게서 거둬가지 못한다 해도 어쩔 수 없겠지. 하지만 내가 이곳에 온 이상, 우리의 원수 이리야크의 후손인 널 그대로 둘 순 없다."

나레이드가 격앙된 몸짓으로 등에 장착했던 창을 꺼내어 트라리안을 겨누자 그를 에워싼 스피오들의 창 끝이 나레이드의 몸에 닿을 듯 가까워졌다.

"나를 죽이겠다고? 네가 나를 죽이려는 시도를 하기만 해도 네가 프람을 가져갈 확률은 사라진다. 오히려 내 입을 통해 네가 원하는 답을 얻는 것이 현명한 방법 아닐까? 네 목적이 뭔지 매 순간 확인하고 이성적으로 대처해야지, 스피사틀란을 대표해서 이곳에 온 전사의 판단과 행동이 겨우 이 수준인가?"

그의 이야기에 나레이드는 잠시동안 할 말을 잃었다. 나레이드는 냉철한 이성을 되찾으려 노력하며 말했다.

"역시 통치자답게 말은 잘 하는군."

"네 주변을 둘러보았다. 너 혼자 왔더군. 스피사틀란에서 우리의 프람을 힘으로 빼앗으려 했다면 겨우 한 명의 전사를 보냈을 리 없다. 그렇지 않은가?"

트라리안에게 창을 겨누고 있는 나레이드의 팔에 긴
장이 풀리며 힘이 빠지기 시작했다. 나레이드의 창이
서서히 내려가자 트라리안이 그를 에워싸던 스피오에
게 눈짓을 보냈고 그들의 창끝도 서서히 내려갔다.
"스피사틀란족이 아무 계획이 없는 종족이거나 자신
들의 전사 하나쯤 죽는 것이 아무렇지 않은 무도한
종족이라면 모르되 그것이 아니라면 너는 분명 협상
을 위해 보내진 것이다. 그렇지 않은가?"

나레이드는 트라리안의 이야기를 듣고 오랜 기간 준
비했던 많은 훈련들과 지금 자신을 짓누르는 무거운
무기들로부터 벗어나고 싶다는 생각이 들었다. 하지만
지금부터 해야 할 자신의 모든 행동에 대한 대가가
스피사틀란족에게 고스란히 전해질 것이라는 걸 잘
알고 있었기에 더욱 단호하게 말했다.
"당신은 모든 것을 다 알고 겁 따위는 없는 지도자인
것처럼 말하지만 항상 두려움에 떨고 있던 모양이지?
그 어리디 어린 스피란들에게 조차 항상 보고를 하도
록 철처히 교육시켰던 것을 보니!"

그러자 트리리안이 말했다.

"네 말의 의도가 대략 짐작은 가는 군. 네가 우리에게 발각된 이유가 다른데 있다고 생각하고 있는 모양이지? 디오크 경사면를 가득 메운 데뮨의 가시에 긁힌 것이 분명해 보이는 네 다리 상처에서 나는 붉은 피가 주변에 퍼지고 그 강렬한 피 냄새가 바다에 진동하고 있었다는 걸 아직도 모르고 있는가?"

나레이드는 순간 자신의 왼쪽 허벅지를 내려다보았다. 그의 다리에서 피가 흐르고 있었지만 지금까지 고통을 인지하지 못하고 있었다. 아마도 극도의 긴장상태였기 때문이었을 것이다. 하지만 그것을 눈으로 확인하는 순간 통증이 밀려왔다.

"너희는 보랏빛이 도는 데뮨에는 미세한 가시들이 있다는 것도, 그리고 그것으로 인해 생긴 상처에 쑤낙의 살을 대고 있으면 피가 멎는다는 간단한 상식도 갖추지 못한 종족인가?"

나레이드는 그의 질문에 아무 대답을 할 수 없었다. 발가벗겨진 기분이 들었다.

"언제나 자신을 돌아보지 못하는 것들은 외부에서 핑계를 만들고는 방향성 잃은 그 분노를 엉뚱한 곳에 퍼붙고 말지. 하지만 그래선 아무것도 얻을 수 없다는 걸 결코 알지 못하지."

트라리안의 이야기를 듣고 나레이드는 이제 그와 본격적인 대화를 나눌 때가 되었다고 생각했다. 가지고 있던 무기를 내려놓고 투구를 벗어 바닥에 떨구었다. 트라리안이 손짓을 하자 창을 든 여섯명의 스피오들이 뒤로 물러났다.

"당신의 이야기를 들으니 모든 것이 단순하군, 그럼 나도 간단하게 말하겠다. 나는 이미 죽을 각오로 이곳에 왔고 조금 전 당신 앞에서 나 자신을 지킬 무기를 모두 내려놓았다. 나는 이제 잃을 것이 아무것도 없다. 심지어 내가 여기서 당신이나 디오락 전사들의 손에 의해 죽는다 해도 스피사틀란에서 불쌍한 나를 위해 해 줄 수 있는 것은 아무 것도 없다. 그러니 이제 가감없이 모든 이야기를 꺼내놓겠다."

그는 지금 이 순간이 스피사틀란 전사로 살아온 자신의 삶 전체에서 가장 중요한 순간임을 알고 있었다.

"그보다 먼저 네 다리를 치료해 주겠다. 여기에 있는 두 스피란을 보내겠다. 이것은 너에 대한 동정이나 측은지심 때문이 아니다. 다만 내 협상 상대가 정상적인 사고를 할 수 있는 상태에서 이야기를 꺼내놓길 바라는 마음뿐이다."

트라리안은 이렇게 말하고 답을 원하듯 나레이드의 눈을 쳐다보았다. 나레이드가 허락의 의미로 고개를 끄덕이자 트라리안의 옆에 있던 두 스피란이 조용히 와서 나레이드의 허벅지에 쑤낙의 살을 얇게 펴서 붙여주었다. 잠시 후 거짓말처럼 피가 멎고 통증이 줄어들고 있음이 느껴졌다. 나레이드는 디오락족에게 잠시나마라도 고마움을 느끼게 될 일이 생길 줄은 예상하지 못했다. 그는 스피사틀란의 전사로 살아오면서 한순간도 놓지 않았던 중압감을 내려놓고 입을 열었다.

"당신은 우리 모두 젠다크의 자손이었다는 것, 그리고 큰 지진 후에 이리야크가 스피사틀란에 어떤 일을 저질렀는지 잘 알고 있을 것이다. 그는 벨리타 스피온의 정신적 지도자 젠더시스를 죽이고 프람을 가져갔다.

그리고 그 힘으로 우리의 스피룬을 대륙을 가라앉혔고 스피사틀란은 결국 *어둠의 바다*에 갇혔다. 그것으로도 모자라 신성한 젠다크를 점령한 후 그곳을 디오락의 속국으로 만들었다."

나레이드는 상처의 통증을 참으며 차분하게 이야기를 꺼냈다. 그러자 트라리안이 말했다.

"너는 그 모든 이야기를 믿는가? 우리 모두 젠다크로부터 온 한 자손이라는 것을 내가 믿는다 치자. 하지만 작은 돌 하나로 대륙을 가라앉혔다는 것을 믿으라고? 난 그렇게 생각하지 않는다. 이리야크가 젠더시스를 죽이고 프람인가 뭔가를 가져온 것이 사실이더라도 그것 때문이 아니라 또다시 벨리타에 큰 지진이 나서 스피룬이 가라앉은 것이 아니라고 누가 자신 있게 말할 수 있을까? 그렇게 본다면 디오락을 향한 스피사틀란의 분노는 도를 넘은 것이라 볼 수도 있지."

이번엔 나레이드가 입을 열었다.

"그렇다면 이야기는 더 간단해 지겠군. 당신이 의미 없다고 생각하는 그 작은 돌을 우리가 원하는 것이니 주지 못할 이유도 없겠지."

"물론 그렇기도 하지만 만의 하나라도 내 생각이 틀렸다면 네게 그 돌을 준 이후 나에게 돌아올 그 모든 책임을 감수하고라도 네 부탁을 들어줄 이유가 있을까? 내 생각이 틀릴 수도 있다는 것 역시 인정하는 것이 진정 깨어있는 통치자의 자세 아닐까?"

"당신은 디오락의 통치자이기 이전에 벨리타 바다에 사는 스피온의 일원 아닌가? 어떤 것이 진정 벨리타 전체를 위하는 행동일까?"

둘의 대화가 접점을 찾지 못하고 있었지만 잠시 대화를 멈추고 생각에 잠긴 트라리안이 말했다.

"왕궁벽을 따라 오른쪽으로 돌면 작은 동굴 입구가 보일 것이다. 두 스피오가 너를 거기로 안내할 것이고 그곳을 지키는 스피오 역시 입구를 열어줄 것이다. 너는 무기 없이 그곳에 들어가야 한다. 그 동굴의 입구와 폭은 무척 좁아서 들어간 구멍으로는 몸을 돌려나올 수 없다. 인내심을 가지고 한참을 가다보면 동굴의 왼쪽 벽에 스피온 하나가 겨우 앉을 만한 공간이 있는 곳을 발견할 것이다. 그곳에 프람이 보관되어 있다.

프람은 푸른빛을 낸다고들 하지. 네 말대로 프람이 정말 신비한 돌이라면 어둠속에서도 너는 그것을 찾을 수 있겠지. 동굴의 폭은 점점 더 좁아지겠지만 포기하지 않는다면 결국 너는 그것을 가지고 반대쪽에 있는 출구에 다다를 것이다. 하지만 네 몸은 동굴 벽에 쓸려서 상처투성이가 되겠지."

나레이드가 굳은 표정으로 대답했다.

"상처나 어둠, 불안감이나 폐쇄공포 따위는 결코 내게 장애가 될 수 없다."

"출구에 내 부하들이 있을 것이다. 네가 그 돌을 찾아서 동굴을 빠져 나오더라도 결국 출구를 지키고 있는 그들에게 붙잡히게 되겠지. 나는 지금부터 원로원들과 긴 회의를 할 것이다. 네가 그것을 가지고 스피사틀란의 영웅이 되어 스피룬으로 돌아가게 될지, 아니면 이곳에서 갇히거나 죽게 될 지는 원로원 회의의 결과가 말해 줄 것이다."

트라리안은 시중을 받으며 왕궁으로 들어갔고 나레이드는 두 스피오의 안내를 받으며 동굴로 향했다.

이누디오크에 간 에미소드

에미소드는 에실란을 통과한 직후 바닥을 가득 메운 평평한 에실란을 내려다 보았다. 그 모습은 마치 세상이 뒤집어진 것처럼 낯설게 느껴졌다. 에실란 위로 헤엄쳐 가다 보니 오히려 *어둠의 바다*가 애초부터 세상에 존재하지 않는 공간이었던 것 같다는 생각이 들었다. 유리오트가 알려준대로 깎아지른 듯한 경사로에 바짝 붙어서 계속 위로 헤엄쳐 갔다. 너스의 빛이 더 강해졌다고 느껴질 때쯤 경사가 완만해지기 시작했다. 그곳에 데뮨이 군락을 이루고 있었다. 데뮨 군락 너머로는 젠드의 거대한 기단이 보였다. 말로만 듣던 원수의 땅 디오크에 도착한 것이었다.

에미소드는 조심스레 젠드 방향으로 헤엄쳐 갔다. 무언가가 기단을 둘러싸고 분주히 움직이고 있었다. 조금 더 다가가서 자세히 보니 그곳은 아노록을 키우는 농장이었다. 키가 큰 데뮨들이 농장을 둘러싸고 있었는데 아노록의 수는 얼핏 보아도 백 마리는 넘어 보였다. 아노록은 동굴에 모여서 산다고 들어왔기에 에미소드에게는 그 모습이 꽤나 신기하게 보였다.

축복처럼 내리는 너스의 빛이 바다를 가득 메우고 있었다. 눈을 제대로 뜰 수가 없을 만큼 눈이 부셨다. 에미소드는 벨리타 바다의 모든 사물들이 자신을 향해 빛을 쏘는 것 같다고 느꼈다. 그것은 스피룬의 바다에선 접해보지 못한 온화함이었으며 그동안 스피사틀란이 얼마나 비참한 환경에서 살아왔는지 다시 한번 깨닫게 하는 편파적 아름다움이었다.
'지체할 시간이 없지.'
에미소드가 4~5층 높이로 지어진 젠드의 위쪽으로 천천히 오르자 레니킨으로 장식된 이누디오크의 왕궁 광장이 서서히 그 모습을 드러냈다.

에미소드는 어린시절 단 한번 레닉을 만난 적이 있었고 그날의 기억을 아직까지 소중하게 간직하고 있다. 에미소드처럼 레닉을 만났던 스피온이라면 그 아름다운 레니킨을 눈앞에서 본 순간의 감동을 결코 잊을 수 없을 것이다. 갑자기 예전에 누군가가 지었다는 레닉에 대한 시가 떠올랐다.

'오 아름다운 벨리타의 수호자 레닉이여. 이 바다에서 영원히 살아가렴. 하지만 그럴 수 없다면 레니킨을 내게 주렴, 네가 죽거든 레니킨을 내게 주렴.'

장식된 레니킨의 작은 돌기 끝에는 오파린으로 만들어진 천들이 묶여 있었다. 그것들은 물결이 일렁일 때마다 춤을 추듯 움직이며 *빛의 바다*를 더욱 몽환적으로 만들고 있었다. 위를 올려다보니 너무나 편안하게 왕궁 주위를 헤엄치고 있는 몇몇 스피온들이 보였다. 그들의 그림자가 왕궁 광장의 바닥에 신비로운 그림을 만들고 있었다. 그 평화로움은 이들이 스피사틀란에서 빼앗아간 것이었다. 갑자기 분노가 밀어닥쳤다. 모아닌에서 준비한 미클론을 꺼내 깨물었다.

75

'우리 스피룬을 그렇게 비참하게 만들어 놓은 장본인
들이 저렇게 평화로운 삶을 즐기고 있다니!'
그는 극도의 흥분상태나 불안증세가 찾아올 때 항상
미클론을 입에 넣었다. 스피사틀란에 널리 알려진 방
법은 아니었지만 에미소드에게는 언제나 마음을 진정
시키는 효과를 주었다. 잠시 후 미클론을 뱉은 에미소
드는 다시 정신을 가다듬었다. 중압감을 억누르며 등
에 있는 모아닌에서 활을 꺼내어 손에 쥔 그는 서서
히 왕궁 광장의 중앙으로 헤엄쳐 갔다.

그곳에는 디오크의 평범한 일상이 여유롭게 펼쳐지고
있었다. 어떤 스피온은 주변의 산호를 가꾸고 있었고
또다른 스피온은 왕궁에서 마련한 듯한 식량을 각 젠
드로 나르고 있었다. 왕궁의 정원을 산책하듯 헤엄치
는 나이든 스피온들도 보였다. 그건 에미소드가 항상
그리던 평화로운 스피온들의 삶이었다. 자신의 목숨을
보호해 줄 중요한 무기인 활과 화살이 세상에서 가장
의미 없는 물건인 것처럼 느껴졌다. 그는 한 번도 상
상해 보지 못한 이런 상황이 무척이나 당황스러웠다.

에미소드는 적대적인 디오락의 스피오 전사들과 치열하게 싸운 후에 그들의 목을 짓누르며 프람이 어디에 있는지를 물어볼 줄 알았다. 에미소드는 목표물을 잃어버린 화살처럼 흔들렸던 마음을 다잡고 스피온들이 활발하게 드나드는 왕궁의 입구로 헤엄쳐 갔다. 어떠한 스피온도 낯선 모습의 자신을 제지하거나 관심을 두지 않았다. 이상하게 생각하며 복도 끝에 이르니 마치 *어둠의 바다*처럼 빛이 잘 들지 않는 큰 공간이 보였다. 그곳은 지름이 20디크쯤 되어 보이는 원형의 공간이었는데 갖가지 조개껍질로 장식된 화려한 바닥이 빛을 받아 은은하게 반짝였다. 그곳에는 홀의 한가운데 박혀있는 화려한 로크를 잡고 있는 한 스피오가 있었다. 어둠 속이라서 잘 가늠할 수는 없지만 미동도 없이 눈을 감고 있는 것처럼 보이는 그는 이 왕궁의 주인이자 이누디오크의 통치자가 틀림없어 보였다. 그의 오른쪽으로 6디크 정도 되는 거리에 무척이나 두꺼운 정체모를 벽이 하나 서 있었다. 그 홀의 입구 양옆에는 문지기를 위한 것으로 보이는 로크가 있었으나 주변에 입구를 지키는 스피온들은 보이지 않았다.

에미소드는 그 스피오가 눈치채지 않도록 숨죽여 그 곳으로 들어가서 그 두꺼운 벽 뒤로 숨었다. 어두워서 그것이 무엇으로 만든 벽인지 잘 보이진 않았지만 두 께가 1디크는 되는 것 같았다.

어느덧 에미소드의 눈은 자연스레 어둠에 적응하고 있었다. 그는 긴장된 마음으로 그 벽에 바짝 붙어서 고개를 내밀어 그 스피오를 살펴보았다. 그는 그 벽이 단단하지 않은 물질로 되어 있음을 손의 촉감으로 알 수 있었다. 에미소드는 이제 스피사틀란의 전사로서 능동적 행동을 해야 할 시간이 다가왔음을 느꼈다. 어 떻게 해야 할 지 결정하기 전에 이누디오크의 통치자 의 눈에 띈다면 예측과 다른 결과가 생길 수도 있는 것이었다. 잠시 후 너스의 빛이 홀의 바닥에 깔리기 시작하더니 어둠 속에 있던 그 스피오를 아래부터 서 서히 비추기 시작했다. 그가 쥔 로크는 진주가 박힌 것처럼 반짝였다. 그리고 그의 등에는 에도라크의 뼈 로 만들어진 것 같은 열 개의 창이 방사형으로 붙어 있었다. 누구라도 그 모습을 보면 주눅이 들것 같았다.

얼굴엔 아노록의 등갑으로 만든 가면을 쓰고 있었다. 이누디오크의 상징이 되기 위해 모든 불편함을 감수한 모습이었다. 왠지 신뢰감을 주는 통치자 일 것 같다는 생각이 들었다.

'아름다워, 누구라도 저런 분위기를 풍기는 왕을 거스르긴 힘들겠어.'

에미소드가 긴장 가득한 손으로 들고 있던 활을 다시 등에 있는 모아닌에 집어 넣으려 고개를 돌리는 순간 너스의 빛이 에미소드의 몸을 숨긴 벽을 비추기 시작했다. 그의 눈에 반투명의 벽 속에 들어있는 무언가가 보였고 에미소드는 그제서야 그것이 에실란으로 만들어진 벽이라는 것을 깨달았다. 그 벽 속엔 스피사틀란의 모안을 입고 있는 스피란이 있었다. 에미소드는 머리가 쭈뼛 설 정도로 소스라치게 놀랐다.

'스피사틀란족의 시신이 들어있는 에실란을 왕궁에 장식해 놓다니! 내가 잘못 생각했군, 이런 잔인한 짓을 하는 놈들한테 자비란 있을 수 없지!'

잠시나마 긴장을 풀었던 에미소드의 기분이 분노로 바뀌었다. 조심스레 활을 다시 꺼내어 천천히 머리를 내밀고 그 스피온의 심장을 겨누었다. 밝아오는 빛을 받은 그의 가면이 에미소드쪽으로 돌아선 순간 에미소드는 활시위를 당겼다. 화살은 그의 심장을 빗겨가서 그의 왼쪽 등에 있는 창을 하나 부러뜨리고 뒤쪽 벽에 박혔다. 거대한 파동이 왕궁 전체를 흔들었다. 균형을 잃은 그의 손이 로크와 함께 크게 흔들렸다. 에미소드는 곧바로 두 번째 화살을 꺼내어 그를 향해 다시 활시위를 당겼다. 두번째 화살은 그가 잡고 있던 로크를 부러뜨렸다. 그는 잠시 균형을 잃고 주춤했지만 곧 중심을 다시 잡고 그 자리를 유지하며 에미소드를 주시했다. 에미소드가 세번째 화살을 장전하려는데 큰 소리를 듣고 온 무장한 스피오들이 순식간에 그를 둘러쌌다. 대여섯 명쯤 되는 건장한 체구의 그 스피오들은 모두 에미소드의 심장을 향해 창을 겨누었다. 에미소드는 목숨이 위태롭다는 것을 알았지만 당황하지 않으려 애쓰며 세번째 화살 끝을 왕으로 보이는 그에게 다시 겨누었다.

"너는 어디에서 왔는가? 젠다크에서 왔는가? 설마 스피사틀란은 아니겠지?"

그때 굵고 낮은 소리가 울려 퍼졌다. 에미소드는 대답 대신 더욱 긴장된 얼굴로 자신을 창으로 겨누고 있는 스피오들을 주시하며 입을 열었다.

"그걸 내게 묻기 전에 당신이 누군지 먼저 밝히는 것이 예의가 아닐까?"

그러자 그가 말했다.

"방금 전 나를 죽이려 했던 자의 입에서 나올 얘기는 아닌 것 같군. 난 이누디오크의 통치자 레클란 7세다. 네가 활을 내려 놓는다면 네 이야기를 들어보겠다."

"내 이야기를 듣고자 한다면 먼저 네 부하들의 창부터 치우라고 하라."

에미소드의 이야기를 듣고 그가 입을 열었다.

"디오락, 먼저 창을 내려놓으라!"

그는 놀랍게도 부하에게 이렇게 말했다. 디오락의 스피오들이 창을 내려놓은 후에도 에미소드의 화살 끝은 한참 동안 레클란을 겨누고 있었다. 에미소드는 적이 먼저 보여준 호의를 어떻게 해석해야 할지 몰랐다.

에미소드는 당장이라도 레클란의 심장을 향해 다시 활을 쏘고 싶었지만 그런 일이 생긴다면 더더욱 프람을 가져가리라는 목표에서 멀어지게 될 것이 자명했다. 그렇다고 활을 내려놓는다 해도 여전히 자신을 둘러싸고 있는 디오락의 스피오들에게 붙잡힐 것임은 뻔하게 예상할 수 있었다. 결국 아무것도 얻지 못하고 여기에서 죽을지도 모른다는 생각마저 들었으나 조금 전 레클란이 그의 운명을 자신에게 맡겼듯이 자신의 운명 또한 레클란에게 맡기는 것 말고는 다른 방법이 없다고 생각했다. 에미소드는 천천히 활을 내려놓았다. 레클란이 손짓을 하자 에미소드를 둘러싸고 있던 스피오들이 에미소드에게서 멀리 떨어졌다.

"역시 스피사틀란에서 왔나보군, 스피사틀란은 지금 어디에 있는가? 모두들 잘 살고 있는가?"

질문을 하는 레클란의 목소리가 조금 떨리고 있었다.

"당신들의 악행으로 인해 어둠 속에서 죽지 못해 살아가고 있다."

에미소드 역시 떨리기는 마찬가지였다.

"다행이다. 그리고 살아 있어줘서 고맙다."

에미소드가 믿을 수 없다는 표정으로 입을 열었다.

"마음에도 없는 소릴 하는군. 그런 마음이 있다면 스피사틀란을 대표해서 온 나에게 사죄부터 하라!"

여전히 가면 속 얼굴로 에미소드를 응시하던 레클란이 이렇게 답했다.

"우리가 예전의 일들을 모두 알 순 없겠지. 우리 선조가 일으킨 전쟁이 발단이 되어 스피사틀란이 지금과 같이 힘들어진 것, 그건 부정할 수 없는 사실이다. 그 점에 대해 디오락족으로서 스피사틀란족인 네게 사과하겠다. 하지만 스피룬이 깊은 바다 속으로 가라앉은 것에 대한 책임을 우리에게 묻고 싶다면 더 신중하게 생각하고 입을 열라고 말하고 싶다. 진정 프람이 그런 힘을 가지고 있다고 믿는다면 스피룬이 가라앉은 것에 대한 책임은 이리야크가 아닌 프람이 져야 하는 것 아닌가? 너와 스피사틀란의 분노는 이리야크가 아닌 프람에게로 향해야 하는 것 아닌가 말이다. 아무리 왕이라지만 이리야크는 일개 스피온일 뿐이다. 그가 어떻게 대륙을 가라앉힐 힘을 가진단 말인가?"

그 말을 듣고 에미소드가 울분을 쏟아냈다.

"우리 모두 프람이 어떤 힘을 가졌는지, 그리고 그 힘을 어떻게 사용해야 하는 것인지 알지 못한다. 그것이 바로 일리미스나 젠더시스만이 프람을 다루어야 하는 이유였겠지. 프람이 정말 어마어마한 힘을 품었다 하더라도 그것은 하나의 돌에 불과하다. 돌에 책임을 물어야 한다고? 그건 책임을 회피하려는 말도 안되는 소리에 불과하지. 젠더시스가 죽은 것, 스피룬이 가라앉은 것, 그리고 그로 인해 벨리타 바다를 에실란이 덮은 것에 대한 근본적인 원인은 이리야크의 잘못된 야욕에서 비롯된 것이다. 그러니까 그 후손이 당연히 그 책임을 져야 한다!"

레클란은 오른쪽 등에 있는 창을 하나 뽑아서 바닥에 꼽았다. 그의 창이 새로운 로크가 되었다. 그리고 천천히 입을 열었다.

"이리야크는 오래 전에 스스로 목숨을 끊었다. 그리고 죽기 전에 프람을 쪼개버렸지. 프람을 쪼갠 이유는 감당 못할 그것의 힘이 두려워서였겠지만 스스로 목숨을 끊은 건 자신이 한 일에 책임을 지기 위해서였다. 스피룬이 가라앉은 이후에 디오락이라고 온전했을까?

디오크의 지반은 여전히 불안정하고 지금까지도 여기저기에서 미미한 흔들림이 계속되고 있다. 그리고 이곳에는 라크와 에도라크는 물론이고 레닉도 거의 찾아볼 수 없다. 에실란이 바닥을 막은 이후에는 이제 여기서 먹을 것을 발견하기도 쉽지 않다. 피노와 에루넴 조차도 찾기 어렵지. 그것이 우리가 아노록을 키우게 된 이유이기도 하다. 스피사틀란은 우리를 증오만 할 것이 아니라 이제 우리와 함께 벨리타의 바다를 위해서 노력해야 한다. 알겠는가? 나 역시 벨리타의 균형을 잡아줄 수 있는 무언가가 있다면 모든 것을 바쳐서라도 그것을 얻고 싶다."

에미소드가 여전히 분노에 찬 목소리로 그곳에 있는 에실란 벽을 가리키며 말했다.

"그럼 이 에실란은 뭔가? 왜 스피사틀란의 스피란이 들어있는 에실란을 이곳에 장식해 놓은 것인가?"

레클란 역시 격앙된 목소리로 말했다.

"네 눈엔 스피사틀란의 스피란만 보이던가? 다시 그것을 들여다보라."

에미소드는 조금 떨어져서 에실란 벽을 가만히 응시했다. 그 속에는 스피사틀란 모안을 입은 스피란의 손을 잡고 있는 또 하나의 스피온이 있었다. 그쪽의 에실란 벽은 더 불투명해서 아까는 확인할 수 없었다. 유심히 살펴보니 그 모습은 건장한 체격의 스피오처럼 보였다.

"그건 디오락의 스피오다!"

레클란의 이야기대로 그 스피오가 입고 있던 건 분명히 데뮨으로 만든 디오락족 전통 모안이었다. 너스의 빛이 홀 전체에 들어오자 비로소 에실란 속 두 스피온의 모습이 뚜렷이 드러났다. 두 스피온은 마치 연인을 바라보듯 애틋한 눈으로 서로를 응시하고 있었다. 에미소드는 말문이 막혀 아무말도 할 수 없었다. 그러자 레클란이 다시 입을 열었다.

"저 둘은 어떤 관계였을까? 네 눈엔 저 모습이 어떻게 보이는가? 저걸 여기에 가져다 놓은 이유는 스피사틀란의 스피란을 사랑한 디오락의 스피오가 있었다는 사실을, 그리고 우리는 모두 젠다크의 한 자손이라는 사실을 잊지 않기 위해서다."

머리를 한대 맞은 듯 멍한 표정으로 그의 이야기를 듣고 있던 에미소드가 입을 열었다.

"스피사틀란은 에실란 아래의 세상을 *어둠의 바다*라고 부른다. 그곳은 이곳에 비해 빛도 거의 들지 않고 공기마저 희박하다. 스피사틀란의 바람은 오직 하나, 에실란의 막이 사라지고 스피룬이 예전처럼 밝고 활기 넘치는 대륙이 되는 것이다. 그걸 이룰 힘을 가진 것이 있다면 그것은 벨리타 바다 전체의 균형을 가져다 줄 것이며 당신의 대륙 디오크의 지반도 안정시켜 줄 것이다. 당신이 가지고 있다는 프람의 조각이 과연 우리의 꿈을 이루어 줄 수 있을지 모르지만 그것이 유일한 희망인 것만은 분명하다. 당신의 말에 진심이 담겨 있다면, 그리고 나뿐 아니라 스피사틀란 모두에게 사과를 하고 싶다면 스피사틀란을 대표해서 온 내게 제발 프람을 건네주길 바란다. 그것만이 스피사틀란이 디오락에게 바라는, 그리고 디오락이 스피사틀란을 도울 수 있는 유일한 방법이다."

에미소드는 진심을 다해 준비해 온 말을 꺼냈다. 그의 태도는 정중했고 말투는 단호했다.

레클란은 손짓으로 그 홀에 있던 모든 그의 부하들을 나가라고 명령한 후 조용히 입을 열었다.

"모두들 내가 프람을 가지고 있을 것이라고 생각하고 있지만 안타깝게도 프람은 여기에 없다. 레클란 6세 시절 왕궁 건설에 쓰일 열두 번째 레니킨을 구하기 위해 우리는 어렵게 레닉을 잡아서 가두었는데 며칠 뒤 늦은 밤 레클란 6세의 시중을 들며 두터운 신망을 받고 있던 젠다크의 스피란 하나가 프람을 훔쳐서 달아났다. 그는 왕궁을 빠져나가며 레닉을 가두었던 우리의 문도 열어주었다. 나중에 레클란 6세는 그 스피란을 잡아서 문책했지만 그는 프람을 잃어버렸다고 했다. 그리고 그 이야기는 지금 이누디오크의 통치자인 나 말고는 아무도 알지 못한다. 내가 할 수 있는 말은 이게 전부다. 네가 내 말을 믿건 안 믿건 그건 네 자유다."

에미소드는 그의 말투에서 그가 거짓을 말하는 것이 아님을 알 수 있었다. 에미소드는 스피사틀란을 떠날 때 보다 더 복잡한 마음으로 이누디오크를 떠났다.

돌아온 라키네

웅성거리는 소리에 티리카가 젠드 밖으로 나갔다. 에
실란을 통과한 너스의 빛이 스피룬의 바다 깊숙이까
지 들어와 있는 한낮이었다. 모두의 눈이 한 곳을 향
하고 있었다. 한 스피란이 정신을 잃은 채로 스피룬으
로 떨어지고 있었다. 그 모습을 유심히 쳐다보던 티리
카가 외쳤다.

"라키네, 라키네예요!"

그날은 라키네가 에실란 속으로 사라진 지 74일째 되
는 날이었다. 티리카는 동료의 도움을 받아 라키네를
자신의 집으로 데려와 침대에 뉘였다. 라키네는 잠을
자는 듯 평온해 보였지만 밤이 되어도 깨지 않았다.

다음날 아침 티리카는 도움을 청하기 위해 의료진들이 있는 젠드로 향했다. 그리고 몇몇 의료진들의 도움을 받아 자신의 집에 있던 라키네를 조심스레 의료진의 젠드로 데려갔다. 소문을 듣고 라키네의 아버지를 비롯한 많은 스피온들이 젠드 주변으로 모였다. 두 전사의 장례식날 라키네가 에실란 속으로 사라진 일은 스피사틀란에선 이미 유명한 사건이었다. 그의 상태를 유심히 살피던 의료진 중 한 스피오가 말했다.

"잠에 푹 빠져서 깨지 않는 것 같소. 그것 말고는 설명이 안 되는군요. 하루나 이틀 더 기다려 보고 그래도 깨지 않으면 루보니언 의장을 불러봅시다. 그는 연륜이 많으니 이런 경우를 본 적이 있을 수도 있소."

루보니언 의장은 원로원 중 가장 나이가 많고 여러 가지 경험이 많은 스피오였다. 티리카의 정성스런 간호에도 불구하고 라키네는 깨어나지 않았다. 사흘 후에 연락을 받고 온 루보니언 의장이 누워있는 라키네의 상태를 면밀히 살펴본 후 의료진들에게 조심스레 말을 꺼냈다.

"에실러 중독 증세 같군요."

"에실러 중독 증세요?"

"그렇소, 에실러는 에실란 주변에서만 발생한다는 어떤 냄새 같은 거라고 알고 있소. 내가 아주 어릴 적, 우연히 에실란에 갇혔다가 며칠만에 간신히 탈출했다는 스피온의 이야기를 들은 적이 있소. 다시 스피룬에 돌아온 이후 그 스피온의 몸에 특별한 이상이 생긴 것은 아니지만 머리 속에 문제가 발생했다고 들었소. 그는 현실과 꿈을 분간하지 못했고 그의 생체시간은 우리의 시간과 달랐다고 하오. 한번 잠들면 며칠씩 깨어나지 않기도 하고 또 잠이 깨면 다시 잠들 때까지 오랜 시간이 걸렸다고도 했소. 그리고 헛것도 자주 봤던 모양이더군. 남이 이해할 수 없는 말을 하는가 하면 다른 스피온의 귀엔 들리지 않던 소리들도 들었다고 하지. 여하튼 그는 정상적인 생활을 하기 어려웠던 것이 분명하오. 그 스피온은 결국 다른 이들과 섞이지 못하고 얼마 후 스피룬을 떠났다고 들었소. 그 이후엔 아무도 그를 다시 볼 수 없었다고 했지... 라키네는 그보다 훨씬 더 오래 있었잖소."

경청하던 의료진 중 하나가 말했다.

"라키네의 증상은 그것 말고는 달리 설명할 길이 없겠군요."

라키네의 얼굴은 에실란에서 내려올 때 모습과 마찬가지로 여전히 평온해 보였다. 라키네는 그로부터 이틀이 지난 후에 눈을 떴다. 그의 옆에는 그토록 보고 싶었던 친구 티리카가 걱정스런 얼굴로 그를 내려다보고 있었다. 침대 옆 창에서 들어오는 아침의 빛이 티리카의 얼굴을 어루만지고 있었다.

"내... 내가 얼마를 잔 거지?"

오랜만에 듣는 라키네의 목소리에 티리카가 눈물 가득한 눈망울로 대답했다.

"먼저 배를 채워야지? 긴 시간 동안 아무것도 먹지 못했잖아?"

라키네가 간신히 고개를 들어 천천히 그 공간을 둘러본 후 조심스레 물었다.

"여긴 어디야?"

"의료진들이 머무는 젠드야."

"내가 왜 여기에?"

"기억나는지 모르겠네. 넌 두 전사의 장례식이 있던 날 에실란 속으로 빨려 들어갔어. 그리고 며칠 전 의식을 잃은 채로 다시 이곳으로 떨어졌어. 나와 동료들이 널 이곳으로 널 옮겼어."

"고맙다 티리카."

"너는 그날 이후로 아무것도 기억나는 것이 없지?."

라키네가 천천히 상체를 일으키며 말했다.

"아니, 아니야. 모두 기억이 나. 난 한 순간도 기억을 잃지 않았어. 스피룬으로 다시 내려오기 직전에도 배를 채웠는걸!"

티리카는 라키네의 대답에 말문이 막혔다. 루보니언의 말대로 라키네가 이상해진 것 같았기 때문이다.

"여기는 모두 그대로야? 아무런 변화 없이?"

"네가 사라졌다 다시 온 것 말고는 모두 그대로지, 무슨 변화가 있을 수 있겠어?"

라키네가 창밖으로 고개를 내밀어 가까운 젠드탑을 찾으며 말했다.

"오늘이 며칠이지?"

"1616년 192일이야."

"1616년 192일... 그럼 내가 에실란 속에서 얼마나 있던 거야?."

"넌 74일 동안 에실란 속에 있었어. 이곳으로 다시 내려온 후에도 5일이나 깨지 않고 있었고."

"그렇게나? 십여일 쯤 지났을 거라고 생각했는데... 의료진들은 나에 대해 뭐라고 해?"

"그냥 네가 긴 잠에 빠진 것 같다는 거야. 그들도 딱히 뭐라 할 말이 없는 게지."

"그렇겠네, 에실란에 갇혔다가 74일 만에 의식을 잃은 채 내려와 며칠 동안 깨어나지 않는 나에 대해 설명할 수 있는 스피온이 누가 있겠어?"

라키네가 창밖으로 고개를 돌려 근처를 지나는 에루넴 무리를 응시하며 말했다.

"그런데 원로원 의장이 너와 비슷한 경우를 들은 적이 있다고 했어. 의원 중 가장 나이가 많은 분이야."

티리카는 에실러 중독에 대한 이야기는 않기로 했다.

라키네가 조용히 입을 열었다.

"티리카, 그 분을 만나게 해 줄 수 있어?"

티리카는 라키네가 점점 더 이상해지고 있다고 생각했으나 그에게서 듣게 될 이야기를 혼자서는 감당할 수 없을 것 같다는 생각에 누구라도 부르고 싶었다. 다음날 아침 라키네는 몸이 거의 회복되었다고 느끼고 침대에서 일어나려 했다. 그때 티리카가 문을 열고 들어오며 물었다. 티리카의 뒤에는 나이가 지긋해 보이는 스피오가 있었다.

"라키네, 일어났어? 의장님을 모셔왔어."

라키네는 예의를 갖추기 위해 침대에서 일어나려 했으나 팔에 힘이 빠져서 쉽게 일어나지지 않았다. 페르낙 침대 속 오파린의 천이 라키네가 누워있던 시간만큼 푹 꺼져 있다

"그대로 누워있게, 짐작했겠지? 루보니언일세."

라키네는 편안한 자세로 다시 누워서 루보니언을 쳐다보며 말했다.

"라키네입니다."

라키네의 이야기

티리카와 루보니언이 라키네의 침대 옆에 놓인 의자에 앉았다. 루보니언이 입을 열었다.

"나와 나누고 싶은 이야기가 있다지? 사실 자네와 이야기하기를 내가 더 원했을 걸세."

잠시 시간을 두고 고민하던 라키네가 입을 열었다.

"제 상태가 에실러 중독 증세 같다고 하셨다죠?"

루보니언이 예상치 못한 질문에 당황했다.

"아, 그 그건 예전에 그런 이야기를 들어본 적이 있다는 것이었지. 자네가 그런 거라고 하진..."

"괜찮습니다. 다만 저와 비슷한 증세를 보였던 다른 스피온이 있었는지 궁금했을 뿐입니다."

"나도 모르는 것은 배우고자 하는 평범한 스피온 중 하나일 뿐이네. 여하간 자네 이야기를 들어보세."

라키네는 긴 이야기를 어디서부터 시작해야 할지 고민했고 루보니언이 그의 표정을 살피며 말했다.

"기다릴 테니 준비되면 천천히 시작하게."

라키네가 깊은 한숨을 쉬고 이야기를 시작했다.

"그날 뭔가가 저를 끌고 에실란으로 올라갔어요. 저는 큰 충격을 받고 정신을 잃었습니다. 얼마가 지났는지 모르겠지만 제가 눈을 뜬 곳은 온통 노란색으로 덮여 있는 방 같은 곳이었습니다. 바닥과 벽, 천장의 경계도 없었습니다. 바닥은 매우 부드럽더군요. 저는 그곳에서 아주 편안하게 누워있었어요. 제가 살아있는 건지 죽은 건지도 모르겠더군요. 주위를 둘러보니 그곳은 끝이 보이지 않을 정도로 넓은 공간이었습니다. 얼마 후 저 멀리서 한 스피온이 오고 있었어요. 그가 저를 돌봐주었다는 것을 직감적으로 알겠더군요."

"자넨 에실란 막에 휩싸였고 그 속에 있던 어떤 공간으로 빨려 들어갔던 모양이야. 거기에서 만난 스피온은 어떻게 생겼던가?"

"나이든 스피란이었습니다."

"혼자던가? 그가 뭐라고 하던가?"

"예, 거기엔 그 스피온만 있었어요, 아주 오래도록 혼자였던 것 같았습니다. 그가 제게 지금이 언제인지, 그리고 어디에서 왔는지를 묻더군요. 제 모안을 유심히 쳐다보면서 말이지요. 지금은 젠다크력 1616년이고 저는 스피사틀란에서 왔다고 대답했습니다."

루보니언과 티리카는 라키네가 기억하는 것을 이야기하고 있는지 아니면 에실러에 중독되어 꿈이나 망상을 늘어놓는 것인지 알 수가 없었다. 다만 횡성수설하는 것은 아니기에 이야기를 더 들어보기로 했다.

"그는 어떤 모안을 입고 있었던가?"

"오파린으로 만든 것이었어요. 데뮨으로 만든 것이었다면 저도 경계했을 겁니다. 그건 디오락족의 모안이니까요. 하지만 그가 입고 있던 건 분명 스피사틀란의 모안이었습니다. 요즘 것과는 조금 달랐지만요. 그는 제게 안정을 주었어요. 믿을 수 있는 스피란이라고 생각했습니다. 그래서 그가 스피사틀란의 지금 상황을 물었을 때 제가 기억하는대로 정직하게 대답했습니다.

전사의 장례식 때 에오란으로부터 두 전사의 이야기를 들었고 로크를 놓쳤을 때 무언가에 휩싸인 후 정신을 잃은 것까지도 말이지요."

"이렇게 얘기하긴 미안하네만 혹시 꿈과 현실을 헷갈리고 있는 것 아닌가?"

듣고 있던 루보니언이 믿기 어렵다는 듯 말했다.

"분명히 말씀드리지만 꿈이 아닙니다."

"에실란의 속은 꽉 차 있는 것으로 알고 있네. 거기에 그런 공간이 있다는 것 자체가 말이 안되지 않는가?"

"예전에도 한 스피온이 에실란에 갇혔다가 빠져나왔다고 하셨잖습니까?"

"난 이제껏 그가 에실란에 몸의 일부가 끼어있었을 거라고 생각하고 있었네."

라키네가 다시 입을 열었다.

"그는 넓은 에실란의 막 속엔 그와 같은 공간이 수도 없이 많을 것이라고 했습니다. 제가 정신을 차리고 그곳을 돌아다녔을 때 그곳에 여러개의 방들이 있다는 것도 알게 되었어요, 마치 젠드처럼요."

"그렇다면 누가 손수 그런 공간을 만들었단 말인가?"

"그런 말씀이 아닙니다. 제 말씀은 우리가 에실란에 대해서 모두 다 알 수는 없다는 얘길 하는 것입니다."

"음... 그곳에선 어떻게 숨을 쉬지? 무엇을 먹고?"

"에실란 막엔 미세한 구멍들이 있습니다. 그곳으로 바닷물과 함께 작은 생명체들이 들어옵니다. 에이닉과 디모닉 같은 것들 말이지요. 그는 그것들을 먹고 살았다고 했습니다. 그가 제게 먹인 것도 그것들로 만든 음식이었어요."

"그는 자신이 누구라고 하던가?"

루보니언의 물음에 라키네가 조금 머뭇거렸다. 그의 이름을 이야기하기가 조심스러웠기 때문이었다.

"그는... 넬란이란 이름의 스피사틀란이라 하더군요."

"넬란?"

루보니언과 티리카의 눈이 휘둥그레졌다.

"그는 제가 들려준 이야기 중에는 맞는 것도 있고 틀린 것도 있다고 했어요."

두 스피온이 더 궁금하다는 표정을 지었다.

"두 전사에 대해 더 아는 것이 있는 모양이지? 뭐가 맞는 것이고 뭐가 틀린 것이라 하던가?."

"그는 프람이 두 개가 아니고 세 개로 쪼개졌다고 하더군요. 또한 스피사틀란이 가지고 있는 것은 두 개가 아니고 한 개라고 했어요. 에퓐디오크에 갔던 나레이드는 프람을 가져왔지만 이누디오크에 갔던 에미소드는 결국 빈손으로 왔다고 하더군요."

"에오란은 분명히 두 전사가 프람을 하나씩 가져왔다고 했어. 그럼 왕이 우리에게 거짓말이라도 했단 말인가? 말도 안 되는 소리!"

"그는 적어도 자기가 아는 한은 그렇다고 했습니다."

"그는 그런 정보를 어디에서 얻었다고 했는가?"

라키네는 길게 한숨을 쉰 후 이야기했다.

"그는 자신이 에미소드의 친구이자 세 번째 프람을 얻기 위해 훈련된 스피사틀란의 전사라고 했습니다."

침묵이 흐른 후 루보니언이 이렇게 말했다.

"오늘은 그, 그만 듣고 싶네. 머리가 아프군."

루보니언은 라키네에게 양해를 구하고 티리카를 옆방으로 데려가서 조용히 물었다.

"자넨 라키네의 오랜 친구지? 자네는 라키네가 정상이라고 생각하는가?"

"저는 라키네를 믿습니다."

티리카의 답에 루보니언이 말을 이어갔다.

"나도 그가 거짓말을 한다고 생각하지는 않네, 하지만 그 이야기의 내용을 들으면 들을수록 그건 그의 꿈이 거나 착각 혹은 망상이 확실하다고 결론 내릴 수 밖에 없네. 에미소드의 친구? 진짜 말도 안되는 얘기 아닌가? 넬란이 정말 에미소드의 친구라면 아직까지 살아있을 리가 없지 않은가? 애초에 그곳에서 사는 스피온이 있다는 걸 믿은 것부터가 잘못일세. 라키네는 에실러에 중독되었다고 밖에 볼 수 없어. 일단 오늘은 이만 돌아갈 테니 수고스럽겠지만 자네가 며칠 더 친구의 상황을 지켜봐주면 좋겠네."

그날 저녁 어느 정도 몸이 회복된 라키네는 집으로 돌아가서 꿈에 그리던 창밖 풍경을 보았다. 그간 젠드 근처의 오파린들도 많이 자라서 물결의 흐름에 따라 춤을 추고 있었다. 다음날 저녁 루보니언은 티리카와 함께 라키네의 집을 찾아왔다.

"다시 와 주셨네요 의장님."

라키네와 티리카, 루보니언은 식탁에 둘러앉았다. 티리카가 라키네를 믿는다는 듯 두 눈을 맞추며 손을 꼭 잡고 말했다. 티리카의 손에서 그때처럼 유티마 반지가 반짝였다.

"의장님이 나를 찾아오셨어."

루보니언이 말을 이어갔다.

"어제 집에 돌아가서 많은 생각을 했네. 솔직히 처음 자네 말을 들었을 때 많은 부분에서 신빙성을 갖기 힘들었기 때문에 더 이상 들을 필요가 있을까 생각하기도 했었네. 하지만 돌아가서 곰곰이 생각해보니 그래도 자네가 나를 부른 이유가 있을 것이라 생각했지. 하여튼 자네 이야기를 끝까지 들어보아야겠다는 생각이 들더군. 그래서 자네의 집을 티리카에게 물어 이곳에 온 것이네."

라키네가 고맙다는 뜻으로 티리카와 눈을 맞췄다.

"감사합니다."

그렇게 대답하는 라키네의 눈동자는 회복된 기력만큼 어제보다 더 총명해 보였다.

"넬란은 지금이 1616년이라는 제 말을 듣고 믿을 수 없다는 표정을 지었습니다. 자기 자신이 그렇게 오래 살고 있다는 것을 받아들이기 힘들어 했어요. 그는 하얀 머리에 바짝 마른 몸을 하고 있었습니다. 분명 나이가 많이 들어 보이긴 했지만 눈망울은 또렷했습니다. 저는 넬란을 보고 에실란 속에선 신체의 시간이 천천히 흐를 수도 있다고 생각하게 되었습니다. 저 역시 그곳에 짧게 머물렀다고 생각했습니다. 70일이 넘었다는 티리카의 말을 처음엔 믿기 힘들었으니까요."

"세상엔 아직도 이해하기 힘든 일이 많군. 그래서?"

"그는 자신이 에미소드, 나레이드와 함께 훈련했다고 했어요. 두 전사는 같은 날 스피룬을 출발했으며 얼마 뒤에 나레이드가 먼저 돌아왔다고 했습니다. 그의 몸은 상처투성이었지만 그의 손엔 바라던 프람이 들려 있었기에 모두 흥분에 들떴다고 했습니다. 며칠이 더 흐른 뒤에 몹시 지친 모습의 에미소드가 빈손으로 돌아왔다고 했습니다. 에타 왕의 실망이 몹시 컸다고도 했습니다. 곧바로 세 번째 디오크를 향해 가기로 되어 있던 넬란에게는 기다리라는 명령이 떨어졌다는군요.

넬란은 에미소드에게 빈손으로 오게 된 이유를 물어보았다고 했어요. 아, 에미소드가 프람을 가지고 오지 못했던 이유는 과거 레클란 6세의 시중을 들던 젠다크족 스피란이 프람을 훔쳐서 달아났기 때문이었습니다. 그는 디오락족이 잡아 가둔 레닉도 풀어주었다지요. 이미 프람은 이누디오크에 없었던 겁니다. 에미소드는 그곳을 나와서 레닉을 풀어주었다던 젠다크족을 찾아 헤맸다고 했답니다. 너무 오래전 일이라 그 스피란이 살아있을 지도 의문이었지만 결국 그를 찾았고 그 스피란은 그때 풀어준 레닉의 레니킨 속에 프람을 박아놓았다고 말했답니다. 당시에 레닉처럼 큰 물고기는 흔하지 않았고 프람은 어둠속에서도 빛을 낸다는 것을 알고 있었기에 에미소드는 곧 그 레닉을 찾을 수 있을 거라고 생각했답니다. 그는 근처를 지나던 젠다크의 스피온들에게 물어서 레닉의 무덤이 있는 동굴까지 가보았지만 결국 찾지 못했다고 전했습니다."

"레닉의 무덤?"

"레닉은 죽을 때 한 장소를 찾아간다는 속설이 있습니다. 모두 한 동굴에 가서 죽음을 맞이한다는 군요."

"그러니까 넬란의 얘기대로라면 에미소드가 직접 레닉의 무덤에 가 보았다는 거지?"

"그랬답니다. 그리고 넬란에게도 그곳의 위치를 알려주었다고 했습니다."

"하지만 레닉이 돌아다니다가 바다 어딘가에 그것을 떨어뜨릴 수도 있고 다른 사고로 그곳에 돌아오지 못할 수도 있지 않은가? 아니면 다른 곳에 또 다른 그들의 무덤이 있을지도 모르는 일이고."

"그 많은 변수들 때문에 에미소드는 그곳에 도착한 후 어떻게 해야 할 지 판단이 안섰다고 하더군요."

"넬란은 결국 디오크로 보내졌다고 하던가?"

루보니언이 다급한 말투로 물었다.

"당시에도 에타는 보내지 않으려 했답니다. 에타는 넬란이 에미소드처럼 빈손으로 올 수도, 더 운이 나쁘면 살아 돌아오지 못할 수도 있다는 것을 알았을 테니까요. 그에게는 모두의 막연한 희망보다는 한 백성의 생명이 더 귀했던 것입니다."

"에타는 그런 분이었다고 들었지."

루보니언은 과거를 더듬으며 고개를 끄덕였다.

"하지만 며칠 뒤 넬란은 결국 프람을 찾기 위해 디오크로 떠났다고 했습니다. 넬란은 당시 분명히 프람이 스피룬을 구할 수 있을 것이라는 확신이 있었다고 했어요. 자신이 성공하여 계획대로 세 번째 프람을 가져온다면 그것이 자극이 되어, 누군가는 또 레니킨에 박혀있다는 두 번째 프람을 찾아오기 위해 에실란을 통과할 것이라고 생각했답니다."

"스피사틀란의 스피온 모두들 그렇겠지만 세 번째 프람 이야기는 정말 생소하군."

"넬란 역시 유리오트에게 들은 대로 너스의 반대쪽으로 헤엄쳐 갔다고 했습니다. 얼마 후 그는 이누디오크, 에핀디오크를 지나 *엘라디오크*(디오크의 남쪽)에 도착해서 결국 그곳의 통치자 가누즈 6세를 만났다고 했습니다. 그는 가누즈 6세의 첫인상을 잊을 수 없었다고 했어요. 다칠 것처럼 위험해 보이는 모습의 커다란 왕좌에 앉아있었는데 머리에는 뾰족한 뿔이 있는 왕관을 얹었고 얼굴에는 아노록의 등갑으로 만든 가면을 썼다고 했습니다. 그 가면 아래로 보였던 흰 수염을 보고 나이를 짐작할 수 있었다고 하더군요."

"그러고 보니 어릴 적 엘라디오크에 관한 이야기를 들은 것 같기도 하군. 다음엔 무슨 일이 벌어진건가?"

"넬란은 가누즈에게 자신이 이곳에 온 이유를 소상히 이야기했다고 했습니다."

"그가 넬란에게 프람을 줄 리 없겠지, 줄 이유도 없을 테고. 스피사틀란에 프람이 간다면 디오락에게 도리어 위협이 될 수도 있지 않겠는가?"

"그렇겠지요. 그럼에도 그는 이리야크로부터 시작된 잘못된 역사를 바로잡고 싶어 했다고 했습니다. 물론 스피사틀란에 정중한 사과도 하고싶어 했다고 하구요."

"아무리 가누즈가 그런 마음을 가졌다 해도 스피사틀란에 사과하는 것 말고 무엇을 더 할 수 있었겠는가?"

"가누즈는 프람이 바다의 신 일리미스에게로 다시 돌아가는 것만이 잘못된 역사를 바로잡을 유일한 방법이라고 생각했답니다."

"하지만 어떻게? 누가 젠더시스를 통하지 않고 신과 만날 수 있단 말인가?"

"가누즈 역시 그걸 잘 알고 있었기에 기도밖엔 답이 없다고 넬란에게 얘기했다지요."

"그래서 일리미스에게 직접 기도를 했단 말이지?"

"그렇습니다."

"그 후에 어떻게 되었다던가?"

"신의 응답을 들었다고 했답니다."

"흥미롭군. 그래서?"

"신은 가누즈에게 자신이 있는 동굴의 위치를 일러주고 그곳에 와서 프람을 떨어뜨리라고 했답니다."

"가누즈의 마음이 진심이라면 당연히 프람을 들고 그곳으로 갔겠군."

"그는 부하 몇 명과 신이 살고 있다는 동굴로 찾아갔다고 했답니다. 그 동굴은 벨리타의 중심을 향해 끝없이 뚫려있는 것처럼 보였는데 그는 신의 말대로 그곳에 프람을 떨어뜨렸다고 했다고 했습니다."

이야기에 몰입하여 격앙된 표정을 짓던 루보니언이 호흡을 가다듬고 다시 물었다.

"넬란이 그 말을 믿었다면 더 할 일은 없었겠군. 신을 찾아가서 프람을 되찾아온다는 건 스피사틀란의 젊은 전사 혼자서 할 수 있는 일은 아니지 않는가? 그런데 왜 바로 돌아오지 않은 거지?"

"넬란은 포기하지 않고 가누즈에게 동굴의 위치를 물었답니다. 그곳은 엘라디오크로부터도 꽤 멀리 떨어진 곳이었지만 디오락족의 안내로 헤매지 않고 그 근방까지 잘 찾아갔다고 했습니다. 그리고 유탄의 빛을 받으며 그 동굴 속으로 들어갔답니다."

"그래서?"

"한참을 내려가도 동굴의 바닥에 닿을 수 없었기에 결국 며칠 만에 돌아 나왔다고 했습니다. 그곳이 가누즈가 말한 동굴이 맞는 것인지, 맞더라도 정말 거기에서 신을 만날 수 있는 것인지에 대한 확신이 없었다고 했습니다. 외로움과 두려움, 배고픔과 폐쇄 공포도 그를 견딜 수 없게 만들었다고 하구요. 넬란은 스피사틀란에 돌아가고자 쉬지 않고 헤엄쳐 에실란을 통과했던 장소 근처에 다다랐다고 했어요. 마지막 남은 힘으로 에실란을 뚫고 들어갔지만 도착한 곳은 스피룬의 바다가 아니라 에실란 속의 빈 공간이었던 거지요. 그의 칼은 무뎌졌고 남은 힘도 없었답니다. 실패하고 돌아가는 자기 자신도 용서할 수 없었다고 하구요. 그것이 그가 그곳에서 세월을 보내게 된 이유라더군요."

"넬란이 그곳에 살게 된 이야기가 그것으로 어느 정도 설명이 되었다 해도 단순히 그 이야기를 하려고 날 부른 건 아니겠지?"

"물론입니다. 넬란은 스피사틀란이 가지고 있는 프람의 행방에 관해서도, 레닉의 무덤과 일리미스가 사는 동굴의 위치까지도 모두 알고 있는 유일한 스피온입니다. 그는 제게 그 이야기를 들려주는 이유에 대해서 또 다른 전사가 그곳에 가서 프람을 찾아올 수 있도록 하기 위함이라고 했습니다."

"그런데 왜 자네 혼자 스피룬에 돌아온거지? 그와 함께 왔다면 그가 전하고자 하는 이야기를 우리에게 직접 들려줄 수도 있을텐데 말이야."

"넬란은 이미 노쇠한 스피온이었어요. 두꺼운 에실란을 뚫고 다시 이곳에 내려온다는 것은 젊은 저한테도 엄두가 잘 나지 않는 일이었습니다. 또한 그곳은 몸과 마음을 자신의 의지대로 움직이기 힘든 곳입니다. 본의 아니게 정신을 놓게 되는 일도 빈번하게 발생합니다. 저는 정말 운 좋게도 에실란 막이 얇아진 시기에 구멍을 뚫기 시작했지만 또다시 정신을 잃었습니다.

제 생각엔 넬란이 저만이라도 온전히 탈출할 수 있도록 마지막 힘을 다하여 힘겹게 저를 에실란 밖으로 밀어준 것 같습니다."

라키네는 그 장면을 회상하면서 몹시 힘들어했다.

"잠시 쉬었다 할까?"

루보니언이 걱정되는 듯 물었다.

"아닙니다. 괜찮습니다. 그리고 넬란은 스피사틀란에서 다시 평범한 삶을 살아갈 자신이 없는 것처럼 보였습니다. 자신은 이미 충분히 오래 살았고 제게 모든 이야기를 전달했기에 더 이상 삶에 대한 미련은 없다고 여러번 이야기 했었습니다."

"그랬다면 안타까운 일이군. 넬란의 마음도 자네의 마음도 어느정도 이해하겠네. 자네의 이야기에 대해 나 자신도 더 생각할 시간이 필요해. 내 머릿속 정리가 끝나고 나면 원로원 회의를 한 후 자네에게 그 결과를 알려 주겠네. 힘들었을 테니 푹 쉬게."

"잠시만요!"

루보니언이 일어나려는데 라키네가 그를 붙잡았다.

"더 할 이야기가 남았나?"

"그에게 들은 이야기 중에 아직 생각나지 않은 것들도 있을 거라는 말씀을 드리고 싶어서요."

"당연히 그렇겠지. 긴 시간을 거기에 있었지 않았는가? 더 생각나는 것이 있으면 언제든지 편하게 연락하게."

루보니언이 나간 후 라키네가 식탁에 쓰러지듯 엎드렸다. 티리가가 입을 열었다.

"네 말을 믿어주었으면 좋겠는데..."

열흘 후에 루보니언이 라키네에게 다시 왔다. 둘은 편한 자세로 창가에 앉았다.

"원로원 회의에서 자네와 나눈 이야기를 기억나는대로 모두 전달했네."

라키네가 창밖에 지나가는 서너 마리의 유르크를 무심한 듯 쳐다보며 말했다.

"그때는 제가 확인을 못 했는데 제 왼쪽 팔뚝 안쪽에 어떤 숫자가 새겨져 있더군요."

"5-11-212 라고 적혀있군."

라키네의 팔에 쓰여 있는 작은 글씨를 유심히 보던 루보니언이 말했다.

"네아킨의 먹물로 쓴 것 같군."

"제 생각도 그렇습니다."

"자네가 쓴 것인가? 아니면 넬란이?"

"그건 저도 잘 기억이 나지 않습니다만 제겐 너무 생소한 숫자라서 넬란이 쓴 것이라 생각됩니다. 제가 스스로 썼다면 그렇게 정교하게 쓰지도 못했을 거구요."

"이 숫자가 뭘 말하는 걸까?"

루보니언의 질문에 라키네가 다른 질문을 했다.

"원로원에선 뭐라고들 하시던가요?."

이번엔 루보니언이 다른 대답을 했다.

"티리카가 그간 마음 고생이 심했네. 자네가 에실란으로 사라진 날 왕궁에 와서 우리에게 그 사실을 알렸고 그날부터 잠도 제대로 못 잔 것 같더군."

"티리카가 저를 돌봐주지 않았다면 저는 이미 이 자리에 없을 겁니다."

라키네가 다시 물었다.

"원로원 회의에선 어떤 이야기들이...?"

"음..."

루보니언이 긴 한숨을 쉬고 입을 열었다.

"모두들 자네의 이야기에 흥미있어 했고 이야기의 끝을 듣고싶어 하더군."

"그래서요?"

"안타깝게도 생산적인 결론은 나오지 않았어. 그리고 프람에 대해서 말인데..."

"계속 하시지요."

"왕궁의 명을 받아 대대로 프람을 지키는 역할을 맡은 디오미스라는 의원이 있어."

"그렇군요."

"그에 따르면 스피사틀란이 보관하고 있는 프람은 에오란의 말대로 두 개가 맞다더군. 그의 아버지로부터 분명히 두 개라고 들었다고 하네."

"직접 확인해 보신 건 아니구요?"

"확인할 필요가 없을 거라고 하더군, 그것뿐이 아니네. 세 번째 프람에 대한 이야기도, 전사 넬란에 대한 이야기도 모두들 들은 바가 없다고 했어."

루보니언의 이야기에 라키네가 실망한 듯 말했다.

"못 들어 보셨을 수도 있지요. 그래서 제가 그 이야기를 전달하는 것 아닙니까?"

루보니언이 잠시 망설이다가 힘들게 입을 열었다.

"그게 중요한 게 아니야. 자네의 이야기를 듣기 전에 자네의 정신상태를 먼저 확인해야 한다더군."

"제가 미쳤다고들 하시던가요?"

"그건 아니고... 내가 전에 이야기했던 에실러 중독 증세가 아니냐고 거듭 묻더군."

"의원님들은 제 말을 믿지 않으시는군요."

"미안하네."

"제가 이야기를 횡설수설 한 것도 아니지 않습니까?"

"그렇지, 자네의 이야기는 분명히 맥락이 있어."

"그런데 왜 못 믿으시는 건가요?"

"자네 이야기를 도무지 증명할 길이 없다는 거야. 그것들이 자네 머릿속에서 나온 망상이 아니라는 증거가 없다는 거지."

"제가 74일 만에 다시 돌아온 것이 증거가 되지 않을까요? 누군가 돕지 않았으면 제가 그 기간을 죽지 않고 버텼을까요?"

둘의 대화가 점점 격앙되어 가고 있었다. 루보니언이 다시 입을 열었다.

"누군가는 자네의 그 이야기에 빗대어 삼십일 동안이나 아무것도 먹지 않고 살아남은 스피온이 있었다는 이야기도 꺼내더군."

"넬란이 저를 통해 전하고자 했던 건 아직 나머지 두 개의 프람을 찾을 희망이 있다는 것이었습니다."

"넬란의 이야기를 믿고 두 스피온을 사지로 보낸다고 가정해도 모두 성공적으로 프람을 가져오리란 보장은 없네. 혹여 우리가 두 개의 프람을 모두 손에 얻는다 해도 아무 일도 일어나지 않는다면?"

"그 일을 저지른 디오락의 이리야크도 한 명의 스피온에 불과합니다. 디오락이 그런 짓을 할 수 있었다면 스피사틀란의 누군가도 원래대로 돌려놓을 수 있다고 믿는 것이 우리가 놓지 말아야 할 희망 아닐까요?"

"자네 말대로 우리 중 누군가가 그런 능력이 있다고 해도 그건 온전한 프람을 가지고 있을 때 이야기겠지. 이미 프람은 깨졌어. 누가 깨진 프람으로 스피룬을 과거로 돌릴 수 있을까? 오래전 일리미스로부터 그것을 가져왔다던 젠다크의 젠더시스가 온다고 해도 그런 일은 가능하지 않을 걸세."

라키네는 말문이 막혔다.

맥이 빠져서 고개를 떨구고 있는 라키네에게 루보니언이 다시 말했다.

"자네 마음은 알겠네만 원로원을 움직이려면 자네가 기억이라고 생각하는 그것이 결코 자네의 망상이 아니라는 것을 증명할 수 있어야 해. 그렇지 않으면 나도 더 이상 할 수 있는 것이 없어."

"의장님은 제 이야기를 믿으시나요?"

체념한 듯한 라키네의 물음에 나가려던 루보니언이 돌아보며 말했다.

"미안하네만 나에게도 넬란의 존재를 믿을 만한 무언가가 필요하네. 혹시 하나라도 그런 기억이 돌아온다면 다시 날 찾게. 그렇게만 된다면 어떤 자리라도 다시 마련할 수 있을 걸세."

넬란의 당부

루보니언이 나간 후 라키네는 자신의 이야기를 증명할 것이 있을지 기억을 더듬었다. 삼일 뒤에 라키네가 루보니언을 찾아갔다. 그는 혼자서 탁자에 율스장기를 놓고 고민에 빠져 있었다.

"제가 상대가 되어 드릴까요?"

"율스를 해 본 적 있나?"

"아주 어릴 적에요. 아버지와 해 본 적이 있습니다만 사실 방법이 거의 기억나지 않아요."

"방법이랄 게 뭐 있나? 하나는 도망가고 하나는 쫓아 가면 되는 것인데..."

"그렇게 말씀하시니 어렴풋이 기억이 나네요."

"경험이 중요하지, 같은 판에서도 매번 다른 방법들이 떠오르니!"

"제 팔뚝에 있는 숫자는 아무래도 젠드의 주소 같습니다. 넬란에게 그렇게 들었던 것 같아요."

루보니언이 율스를 한곳에 밀어놓고 라키네의 팔뚝을 유심히 쳐다보았다.

"나도 사실 그렇게 생각했었네. 그런데 거기에 가면 무슨 단서를 찾을 수 있을까?"

"그건 저도 알 수가 없네요. 일단 그곳에 가 봐야 할 것 같습니다. 그 전에 하고 싶은 것이 있습니다."

"뭔가?"

"디오미스 의원을 만나서 정말 우리가 가진 프람이 두 개가 맞는지 확인하고 싶습니다."

라키네의 제안이 루보니언에게는 몹시 당황스러웠다.

"프람에 가까이 갈 수 있는 권한은 스피사틀란의 왕에게만 있네. 나도 자네도 볼 수 없지. 아직도 누군가는 프람을 노리고 있을 거야. 그걸 확인하려고 입구를 노출하는 것이 얼마나 위험한 일인지 알잖은가?"

라키네도 그건 잘 알고 있었다.

"하지만 그것을 확인하는 것이 모든 계획의 첫 관문이라고 생각합니다. 정말 디오미스 의원님의 말씀대로 우리가 가진 프람이 두 개가 맞는다면 제 이야기가 기억이 아닌 망상이거나 넬란의 말이 믿을만 하지 않다는 충분한 증거가 되겠지요. 그럼 저도 더 이상 미련을 가질 이유가 없어지게 되는 거구요."

루보니언이 고민이 되는 듯 미간을 찌푸렸다.

"그렇긴 하군."

"꼭 제가 확인하는 자리에 없어도 됩니다. 의장님만이라도 확인해 주시면 좋겠네요."

며칠 뒤 늦은 밤에 루보니언이 라키네를 다시 찾았다. 같이 온 스피오가 있었다.

"라키네, 인사하지, 디오미스 의원이네."

"만나고 싶었네."

디오미스의 말에 라키네가 답했다.

"아, 누추한 곳까지 와 주셨네요."

잠시 후 루보니언이 창밖에 고개를 내밀어 주변에 아무도 없는 것을 확인하곤 조심스레 말을 꺼냈다.

"자네 말이 맞았네. 프람은 하나였어. 디오미스 의원
이 나보다 더 놀래더군."

디오미스가 말했다.

"자네 이야기에 아주 관심이 많아."

"어려운 일을 확인해 주셔서 감사합니다. 사실 저도
반신반의 했었습니다."

"자네 팔을 다시 보여주겠나?"

루보니언의 말에 라키네가 왼쪽 팔뚝의 안쪽을 들어
보였다.

"5-11-212 거기로 가보세."

"티리카를 불러도 될까요?"

"똑똑똑."

안에서는 아무 기척도 들리지 않았다.

"똑똑똑."

넷은 한참을 더 기다렸다.

"아무도 없나 보네."

루보니언이 디오미스를 보며 말했다. 그 때 조용히 문
이 열리고 나이 지긋한 스피오가 나왔다.

"무슨 일이신지?"

"잠시 들어가서 이야기를 나누어도 될까요?"

그들의 복장을 유심히 살피던 스피오가 말했다.

"원로원 의원들이시군요."

루보니언이 말했다.

"저는 루보니언, 이분은 디오미스 의원입니다. 이 젊은 스피란들은 라키네와 티리카구요. 혹시 라키네란 이름을 들어보셨나요?"

"라키네..."

잠시 고개를 갸우뚱 하던 스피오가 말했다.

"아, 에실란으로 사라졌다가 나타났다는 그 스피란이 군요. 저는 페논이라고 합니다. 일단 들어오시지요."

라키네는 그곳에 넬란이 말하고자 했던 중요한 단서가 있을지 기대하며 이곳 저곳을 자세히 둘러보았다. 페논이 앉을 자리로 안내하며 말했다.

"그런데 이렇게 늦은 시간에 여긴 어쩐 일로?"

루보니언이 라키네에게 물었다.

"다 둘러보았나? 뭐 좀 기억날 만한 것이 있던가?"

라키네가 페논에게 말했다.

"이렇게 불쑥 찾아와서 죄송합니다. 솔직하게 말씀 드리겠습니다. 좀 알아볼 것이 있어서요. 그간 저에 관한 이야기를 들으셨겠지만 저는 오랜 시간 동안 에실란 속에 갇혀 있었습니다. 그 속에서 누구를 만났는데 그가 이곳 주소를 제게 알려주었습니다. 한시가 급한 일이라고 판단하였기에 실례를 무릅쓰고 이렇게 늦은 밤에 이곳에 오게 되었습니다. 분명히 여기를 알려준 이유가 있을 텐데 그건 기억이 나지 않습니다. 혹시 이곳에 언제부터 사셨습니까?"

페논이 답했다.

"나도 이곳에 온 지는 오래되지 않았소. 근데 그건 왜 묻는 거요?"

루보니언이 물었다.

"그렇다면 혹시 과거 이곳에 특별한 스피온이 살았다던가 하는 이야기는 못 들으셨나요?"

"글쎄요."

라키네의 얼굴이 조금씩 굳어졌다. 어디에서부터 시작해야 할지 감이 잡히지 않았다. 그때 페논이 무언가 생각났다는 듯 입을 열었다.

"그러고 보니 예전에..."

네 명의 스피온이 그의 말에 집중했다.

"글을 쓰는 분이 살았다고 들었습니다. 에타 시대에 전사들에게 글을 쓰는 법과 협상하는 법에 대해 교육을 하던 분이라고도 한 것 같습니다만."

루보니언이 더는 기대할 것이 없겠다는 표정으로 입을 열었다.

"글과 말이라... 그래도 넬란의 존재를 증명해 줄 무언가가 있을 것 같지는 않은데..."

"잠시만요..."

하지만 라키네는 그 말에 무언가 연상되는 것이 있는 듯 이마에 손을 가져다 대었다.

"뭐 좀 생각나는 것이 있는가?"

디오미스의 물음에 라키네가 대답했다.

"뭔가... 뭔가 떠오르려 합니다."

이번엔 루보니언이 말했다.

"서두르지 말고 천천히 기억해 봐."

티리카가 라키네의 손을 잡아 주며 말했다.

"괜찮아. 널 믿어."

한참을 기다리던 루보니언과 디오미스가 페논의 눈치를 살피더니 자리에서 조용히 일어나며 말했다.

"라키네, 너무 늦었네. 생각이 나면 다시 오세."

그때 라키네가 입을 열었다.

"벨리타의 밤에 두 개의 달이 떠오르면, 그토록 기다렸던 두 개의 달이 떠오르면."

모두들 라키네의 입을 보며 숨을 죽였다.

"어둠의 바다에 빛의 방울이 내려오네. 목 놓아 기다렸던 빛의 방울이 내려오네."

루보니언과 디오미스, 티리카는 자리에 다시 앉았고 페논 역시 뭔가 생각이 나는 듯 손가락으로 자신의 이마를 두세 번 두드리더니 식탁 옆에 있는 장식장을 옆으로 밀기 시작했다. 장식장이 있던 자리의 벽에 세월의 흔적이 묻어난 어떤 글씨들이 있었다.

"여기 좀 보시겠습니까?"

그 벽에는 *전사의 시*라는 제목의 글이 새겨져 있었다. 모두 함께 천천히 그 뒷부분을 읽었다.

"잊지 못할 영광의 대륙 프라망, 그 아름답던 선조의 대륙 프라망.

아아, 스피온들은 어디에서 왔는가? 용감한 스피온들은 어디로 가는가?"

루보니언이 복잡한 심경이 담긴 눈초리로 라키네를 쳐다보며 말했다.

"수고했네!"

"넬란이 제게 이 시를 외우도록 했던 것이 이제야 기억나네요. 그는 이렇게 말했습니다. 네가 전사의 시를 외우고 있는 그 순간만큼은 너는 꿈을 꾸는 것도, 결코 죽은 것도 아니다."

왕궁 연설

"스피사틀란의 바다가 너스의 빛으로 가득해 질 기회
가 있다면 아마도 이번이 마지막일 것이오."

루보니언의 말은 파동을 타고 그를 내려다보는 수백
명의 스파사틀란 전사에게로 전해졌다. 라키네의 옆에
는 스피사틀란의 왕 에오란이 앉아 있다. 라키네는 프
라미안이 시작된 날 광장의 가장 뒤쪽 로크에서 다른
스피온들 사이로 내려다보던 왕궁광장의 한가운데에
이렇게 에오란, 루보니언, 디오미스와 함께 있다는 사
실이, 그리고 자신이 동경해 마지않던 스피사틀란의
전사들이 자신의 일거수 일투족을 주목하고 있다는
현실이 믿기질 않았다.

에오란이 뒤를 이어 말했다.

"지난날 우리가 가진 프람이 두 개라는 잘못된 정보를 여러분들에게 전달한 것을 바로 잡는다. 라키네가 만났다는 넬란의 말대로 우리가 가지고 있는 프람은 단 한 개에 불과하다. 스피사틀란의 왕으로서 깊이 사과하는 마음을 전한다."

스피사틀란이 확보한 프람이 한 개라는 말에 많은 스피온들이 혼란에 빠져 웅성거렸다.

디오미스가 말을 이어갔다.

"남은 두 개의 프람을 마저 구한다면 어쩌면 스피룬을 과거의 영광으로 되돌려놓을 수 있을 것이오. 단, 여러분들의 용기가 절대적으로 필요하오. 여러분들도 이미 많이 들어보았을 그 이름, 에실란에서 특별한 경험을 하고 돌아온 스피란 라키네를 소개하겠소."

라키네가 긴장된 표정으로 입을 열었다.

"저는 분명히 에실란에서 세 번째 전사 넬란을 만났습니다. 그가 저를 통해 우리들에게 전하고자 한 메시지는 아직 희망이 있다는 것입니다."

에오란이 다시 입을 열었다.

"에실란을 뚫고 디오락의 대륙으로 가서 두 개의 프람을 찾아올 용기 있는 전사들의 지원이 절실히 필요하다. 그들의 이름은 프람을 구해오건 그렇지 못하건 간에 스피사틀란의 역사에 길이 남을 것이다. 의지와 용기가 있는 전사는 지원해 주길 바란다."

에오란의 말이 끝나자 정적이 흘렀다. 누구도 선뜻 먼저 손드는 스피온이 없었다. 전사들은 스피사틀란을 위해 목숨을 바칠 각오는 되어 있었지만 프람의 잠재된 힘에 대해선 의심을 품고 있는 것 같았다. 그때 맨 뒤쪽 로크에서 주저하던 한 스피온이 손을 들었다.

"용기 있는 스피온은 앞으로 나오라!"

그 스피온이 왕궁으로 내려와 모습을 드러냈다.

'티리카...'

라키네가 놀란 눈으로 티리카를 쳐다보았다. 뒤이어 몇몇 용기 있는 스피온들이 그를 따라 나왔다. 라키네가 티리카에게 다가가려 하자 티리카가 그럴 필요 없다는 손짓을 했다. 잠시 후 왕궁의 광장엔 연설을 했던 네 명의 스피온과 손을 들고 지원한 아홉 명의 스피온만이 남았다.

에오란이 티리카를 포함한 아홉 전사들의 손을 하나하나 잡아주며 격려했다. 에오란이 자리를 뜬 후 루보니언과 디오미스가 그들을 데리고 왕궁 안에 있는 원로원 회의실로 향했다. 라키네도 그들을 따라 그곳에 들어갔다.

루보니언이 아홉 명의 스피온을 둘로 나누었다. 두 스피란과 두 스피오는 왼쪽 로크를, 나머지 세 스피란과 두 스피오는 오른쪽 로크를 잡게 했다. 그리고 왼쪽 로크를 잡은 스피온들을 쳐다보며 입을 열었다.
"자네들은 에실란을 통과해서 너스가 뜨는 동쪽 방향으로 가야 한다. 그곳으로 한참을 가면 레닉의 무덤이 있는 동굴을 발견할 수 있을 거야. 그곳에서 레니킨에 박혀있는 프람을 가져와야 한다. 만약 그곳에서 그것을 발견하지 못한다면 미련 없이 귀환하라. 혹여 그 레닉이 아직 죽지 않았다면 넓은 바다에서 그 놈을 발견하는 건 불가능하니 무모하게 다른 곳을 찾아 헤매는 일은 하지 않길 바란다. 자세한 동굴의 위치는 라키네가 직접 이야기해 줄 것이다."

이번엔 디오미스가 오른쪽 로크를 잡은 스피온들을 쳐다보고 입을 열었다.

"자네들은 에실란을 통과해서 너스가 지는 서쪽방향으로 가야 한다. 엘라디오크를 지나서 한참을 더 가다보면 가누즈가 말했다던 일리미스의 동굴이 나올 거야. 그 동굴은 벨리타 내부로 향한다고만 알려져 있고다른 것에 대해선 아는 바가 없다. 깊은 어둠을 뚫고그 끝까지 들어갈 수 있느냐가 관건이지. 동굴 바닥까지 내려가는데 성공한다면 프람을 발견할 수 있을 거야. 그곳의 위치 역시 라키네가 넬란한테 들은 대로여러분들에게 전해 줄 것이다."

이번엔 루보니언이 아홉명의 스피온 모두에게 말했다.

"이제 에오란의 말을 전하겠다."

모두 루보니언의 입에 집중했다.

"너희 모두는 귀한 스피사틀란의 자손들이다. 너희들이 프람을 가지고 돌아온다면 영웅이 되겠지만 프람을 구하지 못하더라도 살아온다면 역시 영웅이 될 것이다. 절대 무리에서 떨어져 혼자 움직이지 마라. 만약 프람과 목숨을 바꾸어야 한다면 목숨을 선택하라.

나와 스피사틀란의 스피온 모두는 프람의 힘으로 옛
영광을 다시 찾는 것도, 그리고 지금처럼 이 어두운
바다 속에서 끝까지 버티는 것도 모두 준비되어 있음
을 명심하라.”

라키네는 넬란에게 들은 두 전사의 이야기를 머릿속
으로 되뇌며 그들에게 에실란을 통과하는 법과 레닉
의 무덤으로 가는 길, 일리미스의 동굴로 가는 길을
모두 알려주었다. 모두 굳은 표정으로 라키네의 이야
기를 경청했다. 라키네의 이야기가 끝나자 디오미스가
다시 입을 열었다.
“곧 자네들을 위한 십일 간의 특별교육이 시작될 것
이다. 교육이 끝난 다음날 아침에 이곳에서 모여 함께
출발한다. 작전은 그날 이후부터 오십일 내로 수행해
야 한다. 그때까지 프람을 찾아서 귀환하는 것이 불가
능하다고 생각된다면 포기하고 스피룬으로 돌아오라.
앞으로 육십일 째 되는 날 아침에 스피사틀란의 왕과
함께 이곳에서 여러분을 기다리겠다. 시간을 지정해
준 건 그곳에서 무모한 기다림을 하지 말라는 뜻이다.”

티리카는 일리미스의 동굴 쪽 무리에 속해 있었다.

"티리카, 너까지 이러지 않아도 돼."

라키네가 걱정스런 표정으로 말했다.

"나도 다른 스피온들과 마찬가지로 전사의 훈련을 받았어. 걱정 마, 난 자신 있어."

"무슨 소리, 넌 페디아누처럼 되고 싶다면서 매일 만들기만 했잖아! 네가 간다면 나도 가겠어!"

티리카의 말에 라키네가 답했다.

"라키네, 네 몸은 아직 예전으로 돌아온 것이 아니야. 그리고 너는 이미 우리 모두를 위해 큰 일을 했어. 나도 너처럼 스피사틀란 역사에 남는 존재가 되고 싶어. 너만 영웅이 되는 건 불공평하지!"

"그래도 너만 보낼 순 없어."

"라키네, 너처럼 흉터를 가진 스피온은 전사가 될 수 없다는거 알잖아?"

티리카의 말에 라키네가 격앙된 표정으로 물었다.

"티리카, 너까지!"

티리카가 붉어진 눈망울로 말했다.

"라키네, 넌 여기서의 날 기다려줘."

라키네는 특별교육이 진행되는 동안 보이지 않는 곳에서 티리카와 다른 전사들을 지켜보았다. 그들은 이미 전사의 기본 교육을 지속적으로 받아온 것은 물론 예상치 못한 상황을 헤쳐 나가는 법 등에 대해서도 많이 알고 있는 터라 라키네가 특별히 걱정할 것은 없었다. 가장 걱정되는 부분은 역시 한번도 경험해 보지 못한 에실란을 어떻게 통과하느냐에 관한 것이었다. 티리카는 매일 밤 텅 빈 교육실에서 늦은 시간까지 활 쏘는 연습을 했다.

출정 전날 밤 라키네가 걱정스런 표정으로 화살촉을 다듬고 있는 티리카의 팔을 잡으며 말했다. 티리카의 떨림이 라키네에게 그대로 전달되었다.

"티리카, 프람보다 난 네가 더 중요해. 최선을 다하는 건 좋지만 무모한 결정은 하지 마. 곧 다시 보자."

"걱정 마, 네아킨 촉수로 만든 화살촉이 날 지켜줄 거야. 그동안 내 집이나 잘 지켜줘. 아직 만들다 만 것들이 있으니 다녀와서 마저 완성해야 하잖아."

라키네는 바다의 신에게 전사들의 무사귀환을 빌었다.

네미디오스와 에리지타의 이야기

전사들이 돌아오기로 한 전날 밤 라키네는 잠을 이루지 못했다. 걱정으로 새벽녘까지 뒤척이다 동이 틀 무렵에서야 겨우 눈을 감았다. 그가 다시 눈을 떴을 때는 너스의 빛이 이미 *어둠의 바다* 깊숙이 내려오고 있었다. 라키네는 서둘러 젠드를 나와 왕궁으로 출발했다. 왕궁 주변엔 긴장감이 감돌았고 떠났던 전사들이 프람을 구해서 무사히 돌아왔는지 확인하기 위해 모인 많은 스피온들이 있었다. 라키네를 본 스피온들이 고갯짓으로 원로원 회의장을 가리켰다. 뭔가 심상치 않은 일이 벌어졌다는 것을 그들의 표정으로 가늠할 수 있었다.

라키네는 떨리는 가슴으로 원로원 회의장의 무거운 문을 열었다. 저 멀리 단상에 에오란과 루보니언, 디오미스가 있었다. 그리고 그 앞에 두 전사가 있었다. 다른 전사들은 이미 집으로 돌아간 것 같았다.

"라키네 늦었군, 이리 오게."

루보니언이 라키네를 앞으로 불렀다. 에로란은 왕좌에 앉아 절망에 휩싸인 듯 고개를 숙이고 있었다. 라키네는 스피사틀란의 왕에게 예를 갖추어 인사했다. 그제서야 그를 알아보는 에오란의 눈엔 슬픔이 가득했다.

"라키네, 그동안 수고 많았다. 의장님, 마무리를 부탁하겠습니다."

에오란은 이 말을 남기고 회의장을 떠났다.

"라키네, 지금 두 스피온한테 자세한 이야기를 들으려던 참이었네. 다른 전사들은 조금 전에 모였다가 이미 집으로 돌아갔어. 그런데 안타깝게도 두 스피온이 이자리에 오지 못했다네. 한 스피오는 자네처럼 에실러에 중독되었는지 아직 깨어나지 못한 상태고 다른 한 스피란은... 돌아오지 못했지."

라키네는 루보니언의 눈을 쳐다보며 떨리는 소리로
물었다.

"티, 티리카는 아니지요?"

루보니언은 차마 말을 하지 못했고 옆에 있던 디오미
스가 입을 열었다.

"자네 추측이 맞네. 티리카가 돌아오지 못했어."

순간 라키네는 심장이 터질 것 같아서 잡고 있던 로
크를 놓칠 뻔 했다.

"라키네, 오늘은 들어가 쉬게. 전사들의 이야기는 다
음에 내가 전해줄테니."

루보니언이 파르르 떨리는 입술의 라키네를 보고 그
의 손을 어루만지며 말했다.

"아닙니다. 저로 인해 일어난 일들인데요. 당연히 저
도 들어야지요."

그 자리에 있던 두 전사 네미디오스와 에리지타 역시
슬픔 가득한 얼굴로 라키레를 바라보았다. 디오미스가
스피오 네미디오스 옆으로 다가가서 말했다.

"먼저 레닉의 무덤에 다녀온 이야길 들어보세. 네미디
오스, 어떤 일들이 벌어졌는지 들려주게."

"우리는 출발 다음날 새벽 에실란의 얇은 부분에 도착했고 모두 연습한대로 에실란을 잘 통과했습니다. 예상치 않은 밝은 빛에 눈이 적응하느라 힘들었지만 시간이 조금 지나니 그곳이 마치 천국같이 느껴졌습니다. 정말 아름다웠습니다. 라키네의 이야기를 잊지 않으려 노력하며 그곳을 찾아가던 중에 잠시 방향을 잃었는데 운 좋게도 젠다크 족을 만나서 길을 물을 수 있었습니다. 레닉의 무덤이 있는 동굴의 위치는 젠다크족 대부분이 알고 있는 것 같더군요. 우리는 모두 많지 않은 양의 식량을 모아닌에 담아갔습니다. 몸이 너무 무거우면 기동력이 떨어질 테니까요. 식량이 떨어지면 사냥할 계획이었습니다. 그런데 그곳으로 가는 길엔 배를 채울 것이 그리 많지 않았습니다. 스피룬이 있는 *어둠의 바다*에선 최악의 상황에서 바닥에 사는 조개류라도 구할 수 있었지만 에실란 위의 바다에선 그럴 수 없었습니다. 피노도 에루넴도 주변에서는 거의 볼 수가 없었습니다. 우리가 레닉의 무덤에 도착했을 때는 이미 기운이 많이 빠진 상태였습니다만 다행히 그곳에 있던 피노들로 허기를 채울 수 있었습니다.

듬성듬성 뚫려있는 동굴 천장의 구멍에서 약간의 빛이 들어왔습니다. 다만 악취가 너무 심해서 버티기가 힘들었습니다. 우리는 즉시 바닥에 있는 레닉의 사체들을 샅샅이 살펴보았지만 푸른빛을 내는 돌은 발견하지 못했습니다. 우리는 그곳에서 나흘정도 머무르며 모든 뼈를 샅샅이 확인했습니다만 프람을 발견할 수 없었습니다. 한 스피온은 레닉을 찾아 떠나자고 했고 다른 스피온은 스피룬으로 되돌아가자고 했으며 또다른 스피온은 이곳에서 하루라도 더 그 레닉이 오기를 기다리자고 했습니다. 회의 끝에 우리가 얻은 결론은 제한된 일정 안에 프람을 구하는 것은 불가능하다는 것이었기에 바로 귀환을 결정하였습니다."

루보니언과 디오미스가 네미디오스의 이야기를 경청하고는 깊은 한숨을 쉬며 말했다.

"음... 맞는 말이네. 잘 결정했네. 현명한 판단이야."

"그런데 에실란을 통과할 때 마지막에 나오던 에루디안의 속도가 늦어졌고 곧 에실란에 갇혔습니다. 우리 셋은 다시 힘을 합쳐서 에실란 속에서 그를 꺼냈지만 그는 이미 정신을 잃은 후였습니다."

"무사히 회복되어야 할 텐데... 우리 의료진도 최선을 다하고 있으니 곧 좋은 소식을 기대해 보세."

이번엔 루보니언이 스피란 에리지타에게 말했다.
"일리미스의 동굴로 갔던 전사들 이야기를 들어보세."
기다렸던 에리지타가 입을 열었다.
"우리는 서쪽으로 계속 헤엄쳐 갔고 너스의 빛이 *어둠의 바다*를 비추기 시작한 이후에도 에실란을 통과할 위치에 대해 많은 이야기를 주고 받았습니다. 그곳이 디오크와 그리 멀지 않은 장소였기에 신중할 수밖에 없었습니다. 우리 다섯은 빛을 많이 받아 다소 부드러워진 쪽의 에실란을 통과하기로 했습니다. 주변이 밝을수록 디오락에게 발각되기는 쉬울테지만 힘을 아끼기 위해선 그 방법이 최선이라고 생각했었습니다. 다행히 에실란을 통과한 후에도 디오락족은 보이지 않았습니다. 우리는 지체없이 서쪽으로 갔습니다. 끝을 알 수 없는 지루한 여정이었습니다. 그곳으로 아무리 가도 라키네가 이야기한 동굴이 나오지 않을 것 같았습니다. 이 길이 맞는 것인지 고민도 많았습니다.

넬란이 말했다는 지점에는 여러 개의 동굴이 있었습니다. 그 중 거대한 입구를 가진 동굴이 하나 보였습니다. 우리 모두 그곳이 우리가 찾던 곳임을 의심하지 않았어요. 그런데 물결의 움직임이 뭔가 이상했어요."

"그게 무슨 소린가?"

"무엇에 홀린 듯 몸이 말을 잘 안 들었습니다. 그건 우리 모두한테 일어난 일입니다. 모두 저처럼 두려웠을 것입니다. 그때 티리카가 먼저 동굴에 들어가겠다고 했습니다. 자신의 반지에 있는 유티마가 빛을 내기 때문에 자신이 앞장서는 것이 당연하다고 말하면서요."

에리지타의 입에서 티리카의 이름이 나오자 갑자기 라키네의 눈시울이 붉어졌다.

"그래서?"

디오미스가 물었다.

"우리는 티리카를 따라 동굴 속으로 들어갔습니다. 그 구멍은 아래쪽을 향해 있었습니다. 듣던 대로 벨리타의 중심으로 가는 것 같았습니다. 우리는 서로를 의지하며 아래로 쉬지 않고 내려갔습니다. 우리 중 누구도 우리가 실패할 거라고 생각한 스피온은 없었을겁니다.

그런데 계속 내려가도 끝에 닿지 않았어요. 점점 더 어두워지면서 어느 순간부터는 앞이 전혀 보이지 않았습니다. 유티마 반지도 아무 소용 없었습니다. 그때부터 의심이 들더군요. 이 지점이 라키네가 이야기한 그곳이 맞는 건지. 넬란이 거짓말을 한 건 아닌지. 가누즈가 거짓말을 한 것은 아닌지, 이 동굴이 아닌건지, 심지어 일리미스란 존재는 원래부터 없는 건 아닌지…"

"넬란도 같은 고민을 했다지. 아무것도 확신할 수가 없었다는 것."

루보니언이 인정하듯 말했다.

"몸과 마음이 지칠 대로 지친 우리는 내려가는 것을 잠시 멈추고 어둠속에서 회의를 했습니다. 티리카를 제외하곤 모두 프람을 찾는 것을 포기하고 스피룬으로 돌아가는 것이 맞다고 판단했습니다. 티리카는 끝까지 내려가보고 싶어했지만 동료들을 위해, 그리고 에오란을 위해 생각을 바꾸었지요. 우리는 그 순간부터 들어온 구멍을 향해 헤엄쳤어요. 모두 지쳐 있었고 실패를 받아들이기 힘들었지만 스피룬으로 돌아갈 생각에 마지막 힘을 냈습니다."

"아쉽긴 하지만 현명한 결단이었다는 생각이네. 그런 데 왜 티리카만 오지 못 한 거지?"

루보니언이 조심스레 물었다.

"동굴에서 나온 우리는 누가 먼저랄 것도 없이 에실 란 막이 있는 곳까지 허겁지겁 경사로를 따라 헤엄쳐 내려갔습니다. 모두들 어서 이 이상한 장소와 디오락 의 영향권에서 벗어나고 싶어했어요. 불안했거든요. 그래서 일단 한시라도 빨리 에실란을 통과해서 우리 모두에게 익숙한 *어둠의 바다*로 가는 것이 좋겠다고 생각했습니다."

"나라도 어서 그곳을 뜨고 싶었을 것 같네."

루보니언이 동의하는 표정으로 말했다.

"가장 뒤에 나온 티리카도 제 기억엔 분명히 그 자리 에 우리와 함께 있었습니다. 그리고 모두 힘을 합쳐 에실란을 통과했다고 생각했었습니다. 그런데 뒤를 돌 아보니 티리카가 보이지 않았습니다."

듣고 있던 라키네가 입을 열었다.

"자네 얘기대로라면 티리카가 그 동굴을 빠져나온 것 은 확실하군."

에리지타가 라키네에게 대답했다.

"나도 그걸 믿고 싶네만 라일리드는 다른 말을 하더군, 그 동굴을 벗어난 이후부터는 티리카를 한 번도 본 기억이 없다는 거야. 그러니까 에실란에 함께 도착한 건 넷이라는 거지. 다른 두 스피온은 누구 말이 맞는지 잘 모르겠다고 했네. 여하튼 우리가 티리카와 함께 오지 못한 건 명백히 우리 모두의 책임이야. 정말 가슴 아픈 일이지."

둘의 이야기를 경청하던 루보니언이 말했다.

"자네들 잘못이 아니야. 에오란을 비롯해 우리 모두에게 가슴 아픈 일이지만 자네들은 최선을 다했네. 이제 돌아가서 푹 쉬게."

네미디오스와 에리지타가 자신들의 젠드로 돌아간 후 루보니언이 라키네에게 말했다.

"티리카와 에루디안의 일은 정말 안타깝군."

디오미스는 한숨만 쉴 뿐이었다.

"고생들 하셨습니다. 먼저 일어나겠습니다."

라키네는 무겁고 고통스런 마음으로 집으로 향했다.

라키네는 티리카가 돌아오지 못한 것이 자신의 이야기로부터 비롯되었다는 자책감에 귀가하는 동안 헤엄치고 있는 몸이 아래로 툭툭 떨어졌다. 라키네의 눈물이 *어두운 바다*에 퍼졌다. 전사의 장례식날 로크를 놓친 자신이, 에실란에서 만난 벨란이 원망스러웠다. 지금도 티리카가 이런 자신을 보고 어깨를 툭툭 치며 "라키네 힘내!" 라고 외치고 있을 것 같았다. 스피룬의 바다에, 자신의 옆에 티리카가 없다는 것을 받아들일 수 없을 것 같았다.

라키네는 집에 도착하자마자 지쳐 쓰러졌다. 며칠 뒤 그가 깨어났을 때 다행히도 에루디안이 무사히 깨어났다는 소식을 들었다. 그리고 또 얼마 뒤에는 원로원을 중심으로 티리카의 장례 절차에 대한 이야기들이 오고간다는 소식도 들을 수 있었다. 티리카의 부모는 슬픔에서 벗어나지 못하고 하던 일을 모두 접었다고 했다. 스피사틀란의 스피온들은 전과 다름없는 일상을 맞았지만 라키네는 그날 이후 더욱 자신의 신체시계가 다른 스피온들의 그것과 달라지고 있음을 느꼈다.

며칠씩 잠이 안 오는가 하면 한번 잠이 들면 삼사일이 지나도 깨어날 줄 몰랐고 폭식을 한 뒤 며칠씩 굶기도 했다. 기억력이 점점 감퇴되어서 에실란에서 있던 시간속의 기억이 모두 자신의 망상에서 비롯된 건 아닌가 하는 착각마저 들게 되었다. 라키네의 아빠는 근심과 걱정으로 하루하루를 보냈다. 이따금씩 루보니언과 디오미스가 라키네를 방문하긴 했지만 많은 이야기를 나누지 못하고 측은한 눈빛만 남긴 채 돌아갔다. 그들은 모두 라키네가 예전과 같은 모습으로 돌아오는 일은 기적처럼 티리카가 살아 돌아올 때만 가능할 것이라고 생각했다.

에실란이 더 두꺼워진 그 만큼의 시간동안 스피룬 바다는 위리트의 열기로 더 더워지고 있었다.

2. 새로운 질서

스피사틀란의 운명

티리카의 장례식은 전사의 교육이 이루어지던 젠드에
서 *전사의 장*으로 치러졌다. 한때는 몇몇 의원들이 티
리카를 더 기다려 보자는 의견을 낸 적도 있었지만
삼십일이 더 지나고 나서는 아무도 티리카의 귀환을
기대하지 않게 되었다. 페르낙으로 된 빈 관이 중앙에
놓여 있었고 그 주변으로 에오란과 열 명의 원로원
의원이 전통 모안을 입고 도열해 있었다. 티리카와 동
행했던 여덟 명의 전사 역시 스피사틀란 전통 전사의
복장으로 그 관을 에워싸고 있었다. 그리고 티리카의
부모와 그를 아는 많은 스피온들도 자리하고 있었다.
에오란이 침통한 표정으로 입을 열었다.

"티리카는... 누구보다도 용감했으며 책임감이 강한 스피온이었다. 손재주가 뛰어나 만들기를 좋아했으며 언제나 남을 배려할 줄 아는 착한 심성을 지닌 스피온이었다. 그의 고귀한 희생으로 우린 희망에 한발 더 다가갈 수 있었다. 이제 그가 가졌던 믿음과 의지는 우리 모두에게 전해질 것이다."

그 자리의 모든 스피온들이 숙연한 표정으로 고개를 떨구고 있었다. 에오란이 라키네를 쳐다보며 말했다.

"라키네, 친구가 가는 길에 한 마디 하겠나?"

라키네가 천천히 입을 열었다.

"전 티리카의 가장 친한 친구입니다. 그리고 지금까지와 마찬가지로 앞으로의 삶도 티리카의 친구로서 부끄럽지 않은 스피온이 되도록 노력하며 살겠습니다. 친구야, 그동안 고마웠어. 잘 가."

그날 뜬눈으로 밤을 새운 라키네는 새벽이 되자 조용히 문을 열고 나가서 티리카가 살던 젠드로 향했다. 복도를 지나 그의 방문 앞에서 떨리는 손으로 문고리를 잡고 밀었다. 처음으로 들어와 보는 그의 방이었다.

오른쪽 벽엔 그가 만들다 만 여러 가지 팔찌, 장신구, 모아닌 등이 걸려 있었다. 라키네가 벽에 있던 서랍장 안에서 초록색 빛이 새어나오는 것을 발견하고 조심스레 열어보니 유티마가 박힌 두꺼운 반지가 있었다. 전사의 장례식날 티리카가 끼고 있던 것과 비슷해 보였는데 반지의 안쪽엔 작은 글씨로 라키네의 이름이 새겨져 있었다. 라키네는 그 반지를 오른손 중지 손가락에 끼고 그곳을 나왔다.

바라낙. 전설 속 벨리타 바다의 가장 거대한 생명. *어둠의 바다* 속에서 하얀 바라낙이 서서히 라키네에게 오고 있었다. 그건 동물이 아닌 바다. 하얀 바다. 바라낙의 눈과 눈 사이에는 초록빛의 유티마가 박혀 있었다. 라키네는 자연스레 바라낙에 올라탔다. 라키네를 태운 바라낙은 위쪽으로 방향을 바꾸어서 에실란을 향해 올라갔다. 라키네는 두려움에 눈을 감았지만 그를 태운 바라낙은 부드럽게 에실란 막을 통과했다. *빛의 바다*가 잔잔한 꿈 속처럼 펼쳐졌다. 바라낙은 계속 올라서 바다를 벗어났다. 벨리타의 바다를 벗어났다.

너스의 빛이 바라낙과 라키네를 찌르고 있었다. 라키네는 너무 눈부셔서 눈을 제대로 뜰 수가 없었고 한번도 느껴보지 못한 뜨거움이 그의 등에 있는 상처를 강하게 자극했다. 하지만 정말 놀라운 건 벨리타의 바다와 마찬가지로 자유롭게 그곳에서 숨을 쉴 수 있다는 것이었다. 바라낙은 한참을 위로 더 올라간 후에 허공에서 수평으로 잠시 멈춰 있다가 천천히 아래쪽으로 방향을 돌렸다. 아주 잠깐이었지만 그 순간은 바라낙과 함께 세상의 모든 것이 멈춘 것 같았다. 라키네는 벨리타가 멈춰버렸다고 생각했다.

"라키네, 이게 하늘이라는 거야. 보여? 하늘에 떠 있는 저 찬란한 너스가 보여?"
그때, 어디선가 잊지 못할 목소리가 들렸다.
"티리카? 티리카지? 어디 있어 티리카?"
라키네는 그 목소리가 나오는 곳을 찾다가 초록빛의 유티마에 눈이 멈췄다. 유티마에서는 *어둠의 바다*에서 묻은 듯한 바닷물이 하염없이 아래로 떨어지고 있었다. 바라낙은 전속력으로 바다로 내려가기 시작했다.

라키네는 눈을 꼭 감았고 바라낙을 잡고 있는 손에 힘을 주었다. 바라낙은 커다란 소리와 함께 벨리타의 바다 속으로 다시 들어갔다. 라키네가 눈을 다시 떴을 때 바라낙은 벨리타의 중심으로 이어지는 커다란 동굴 속으로 들어가고 있었다. 라키네는 그곳이 일리미스의 동굴이라고 생각했다. 깊이 내려갈수록 바라낙은 점점 더 어두워지고 작아졌다. 결국 바라낙의 몸은 초록빛 유티마를 남긴 채 소멸해 버렸다. 라키네는 유티마가 동굴 속으로 떨어질까 조심스레 두 손으로 감싸려 했으나 너무 뜨거워서 놓치고 말았다. 유티마는 세 개로 나누어지고 푸른색으로 변하면서 동굴의 어둠 속으로 떨어졌다.

"티리카! 티리카!"

라키네가 자신의 절규 소리에 눈을 뜬 것은 어두운 새벽이었다. 라키네는 자신이 정말 남은 생을 제대로 살 수 있을지 확신할 수 없었다. 너무 답답해서 집에 있을 수가 없었기에 간단한 짐을 챙겨 젠드를 나왔다. 그리고 어릴 적 부모와 함께 갔었던 위리트로 향했다.

그곳은 라키네의 추억과 상처가 있는 곳. 오랜만이었지만 그곳으로 가는 길은 기억할 수 있었다. 그건 더 뜨거운 곳을 향해 가는 여정이었다. 라키네는 모든 삶의 끈을 놓고 그곳의 열기 속으로 사라지고 싶었다. 등의 상처가 욱신거리는 것으로 보아 위리트가 얼마 남지 않았다는 것을 알 수 있었다. 라키네가 그곳에 도착했을 때 그날처럼 뜨거운 열기를 담은 기포가 끊임없이 올라오고 있었다. 이곳까지 오는 동안 배가 고프지도, 잠이 쏟아지지도 않았으며 추억에 잠기지도, 티리카가 더 생각나지도 않았다. 부모와 함께 왔던 기억조차 하나도 남아있지 않았다. 라키네는 이곳까지 자신을 이끈 것이 무엇일까 궁금하여 머릿속을 뒤적여 봤지만 아무것도 나오지 않았다. 모아닌에서 오파린 천을 꺼내어 뜨거운 위람을 몇 주먹 싸서 다시 모아닌에 집어 넣고 스피룬으로 향했다. 라키네가 스피룬의 젠드에 다시 돌아온 시간은 늦은 밤이었다. 그는 그 길로 루보니언을 찾았다.

"밤이 늦었는데 어쩐 일인가?"

"죄송합니다. 드릴 말씀이 있는데 더 늦출 수 없을 것 같아서 실례를 무릅쓰고 이 시간에 왔습니다."

"들어오게."

"여기서 말씀드리지요. 혹시 내일 아침 원로원 회의장에서 디오미스 의원님과 함께 뵐 수 있을까요?"

"그러지."

라키네가 다음날 아침 원로원 회의장에 도착했을 때 그곳에는 이미 루보니언과 디오미스가 와 있었다.

"죄송합니다. 먼저 와 계셨네요. 요 근래 잠이 통 안 오더니 어제는 깜빡 잠이 들어서 늦게 깼습니다."

디오미스가 말했다.

"걱정말게. 오래 기다리지 않았어. 그보다 조금이라도 잠을 잤다니 다행이야."

"혹시... 하늘이라는 말을 들어보셨나요?"

"하늘...? 오늘 할 이야기가 그건가?"

"그건 아닙니다."

"그래, 그럼 무슨 일인가, 상의할 일이라는 게?"

이번엔 루보니언이 입을 열었다.

"... 어디서부터 말을 꺼내야 할지 모르겠습니다."

"괜찮네. 들어보세."

디오미스가 말했다.

"저는 평범하게 살아왔습니다. 어느 날 에실란 속으로 빨려 들어가기 전까진 말이죠. 지금 그 모든 것을 상기해 보면 그 속에서의 기억이 진짜인지 아닌지 저도 잘 모르겠습니다."

"그 기억이 진짜였다는 걸 자네가 이미 증명해 주지 않았는가?"

"제 이야기가 사실인지, 망상인지, 넬란이란 스피란이 진짜 존재했었는지 아닌지 보다 더 중요한 건..."

"중요한 건?"

"넬란의 메시지라는 생각입니다. 분명히 포기하지 않으면 스피사틀란이 과거의 영광을 되찾을 수 있다는 메시지 말이지요."

이번엔 루보니언이 입을 열었다.

"맞는 말이네만 우린 할 만큼 하지 않았는가? 그 대가로 스피사틀란은 훌륭한 전사를, 자네는 둘도 없는 친구를 잃었잖은가."

"아직 해 볼 것이 하나 남아 있습니다."

"더 이상의 무모한 도전은 아무도 바라지 않을 걸세, 그건 여기 있는 나와 디오미스 의원도, 스피사틀란의 왕과 모든 스피온들도 마찬가지 생각일 거야. 이제 우리의 운명을 받아들여야 할 때가 된 것 아닌가?"

"그렇게 생각하실 수도 있지요."

"자네도 더 이상의 희생을 바라지 않는 에오란의 마음을 읽은 것으로 아는데?"

디오미스의 대답에 라키네는 잠시 말을 잊지 못했다.

"지금부터 제가 드리는 말씀은 누구로부터 들은 말이 아닙니다. 제 머릿속에서 맴도는 말이에요."

"자넨 이미 많이 지쳐있네. 몸도 예전 같지 않겠지. 잠도 못자고 식사도 제대로 못하고 있지 않는가? 그리고 자네는 자네의 그간 행동이 의미없었다고 생각할 지 모르지만 그건 스피사틀란을 위해서 누군가는 반드시 했어야 할 중요한 일이었어. 더 이상 자책하거나 아파하지 않길, 그리고 무리가 되는 일도 만들지 않았으면 하네."

"의장님, 의원님!"

라키네는 두 스피온의 손을 꼭 쥐며 말했다.

"세 개의 프람이 모두 일리미스에게로 돌아가야 합니다. 일리미스에게 프람을 돌려주는 것만이 프람으로 스피룬을 돌려놓을 유일한 방법일 겁니다."

라키네의 이야기를 듣던 두 스피온이 서로 같은 표정으로 얼굴을 마주보았다. 디오미스가 입을 열었다.

"그 얘기는 프람을 우리가 찾아올 것이 아니라 우리가 가진 프람을 일리미스의 동굴로 가져가야 한다는 얘기로 들리네만..."

"맞습니다. 세 개의 프람이 모두 신의 동굴로 가야 한다는 말입니다."

"넬란의 말에 의하면 하나는 이미 가누즈를 통해 일리미스에게로 간 것 아닌가?"

"그렇지요. 그러니 우리가 가진 것 하나와 젠다크족이 레니킨에 숨겨놓았다는 것 하나, 그 두 개 역시 일리미스에게 가야 한다는 것이지요."

"자네 말은 일견 그럴듯하게 들리긴 해. 하지만 젠더시스와 가누즈 이후로 일리미스와 소통했던 스피온이 있었던가? 신과의 소통은 말처럼 간단한 것이 아닐세.

그리고 혹여 그것이 진정 유일한 방법이라 하더라도 이제 와서 어떻게 에오란과 원로원을 설득시킬 것이며 에오란이 어떤 스피온한테 그런 희생을 또 강요할 수 있을까?"

라키네가 두 스피온의 눈을 똑바로 쳐다보며 말했다.

"제가 가겠습니다."

"라키네, 정신 차리게! 이건 아닐세!"

루보니언이 단호하게 말했다.

"전 이제 예전으로 돌아갈 수 없습니다. 에오란이 제 제안을 받아들여 아홉명의 전사들을 보냈을 때! 그리고 그들이 실패하고 돌아왔을 때! 티리카가 스피사틀란에서 사라졌을 때! 그리고 풀리지 않는 의문들이 제 머릿속을 복잡하게 만들고 있는 지금 이 때까지! 그 모든 순간이 제게 이렇게 이야기하고 있습니다. 라키네, 네가 가라! 그것이 너와 스피사틀란의 운명이다."

감정이 북받친 라키네가 두 스피온 앞에서 흐느끼며 말했다.

"더 이상 피하고 싶지 않습니다. 피할 수도 없구요."

두 스피온은 라키네의 격앙된 모습에 잠시 말을 잃었다. 잠시 후 숨을 고른 라키네가 디오미스를 보며 입을 열었다.

"왕궁에서 보관하고 있는 프람을 제가 가져갈 수 있도록 도와주세요. 다른 방법이 없습니다. 공식적이어도 좋고 그렇지 않아도 좋습니다."

한참의 침묵이 흘렀고 두 스피온은 더 들을 말이 없다는 듯 자리에서 일어났다. 루보니언이 말했다.

"일단 자네 의도를 잘 들었네, 푹 쉬게 라키네."

며칠 뒤 라키네는 디오미스로부터 왕궁으로 오라는 전갈을 받았다.

"라키네, 자리에서 일어나 로크를 잡아라."

에오란 앞에서 엎으려 경의를 표했던 라키네는 로크를 잡고 왕과 마주했다. 에오란의 좌우엔 루보니언과 디오미스가 왕좌의 로크를 잡고 있었다.

"난, 두 의원으로부터 네 이야기를 듣고 바로 원로원을 소집했다. 스피사틀란 전체의 미래가 담긴 중요한 일이니 당연히 회의를 열어 그 결과를 들어봐야겠지.

공방이 있었지만 너의 제안을 들어주자는 의견이 조금 더 많았다. 루보니언 의장과 디오미스 의원의 설득이 주요한 요인이었다고 해야겠지. 네 제안을 받아들일지 말지는 지금 이 자리에서 내가 너의 이야기를 직접 들어보고 판단할 것이다."

라키네는 가장 경건한 말투로, 하지만 가장 강렬한 눈빛으로 에오란에게 말을 꺼냈다.

"지금 이대로라면 스피사틀란의 미래는 없습니다. 에실란은 더 두꺼워지고 단단해지고 있습니다. 그 결과로 스피룬의 바다에 들어오는 너스의 빛은 점점 희미해져 가고 있습니다. 산소도 마찬가지입니다. 에실란 때문에 위리트의 열기마저 빠져나가지 못하고 우리의 바다를 데우고 있습니다. 뜨거워진 바다에선 에이닉과 디모닉이 살 수 없습니다. 당연히 그것들을 먹고 사는 피노와 에루넴, 아멜리드, 네아킨도 버티지 못할 것이고 이어서 라크나 에도라크, 레닉, 바란처럼 거대한 생명들도 머지않아 사라지겠지요. 당연히 우리의 미래도 얼마 남지 않게 됩니다. 모든 스피사틀란족이 고통 속에서 희망 없는 하루하루를 살고 있습니다."

에오란이 묵묵히 라키네를 쳐다보며 말했다.

"그것 말고도 스피룬이 오래 가지 못할 것이라는 징후는 여기저기서 나타나고 있지. 그런데 네가 스피사틀란의 미래가 될 수 있을까?."

"그런 거창한 말씀은 잘 모르겠습니다. 다만, 전 특별한 경험을 통해 넬란을 알게 되었고 그의 이야기를 믿었기에 그의 메시지를 알렸습니다. 제가 참담한 결과를 스피사틀란의 숙명으로 받아들일 수 없는 이유는 다른 방법이 하나 더 남아있다는 확신 때문입니다. 세 개의 프람을 일리미스에게 온전히 전달하는 것, 그리고 그 일을 할 스피온은, 스피사틀란에선 더 이상 예전처럼 살 수 없는 몸이 되어버린 스피온, 머릿속에 자책감과 사명감 말고는 아무것도 남아있지 않는 스피온인 저 밖에 없다는 것입니다."

라키네의 이야기를 모두 들은 에오란이 말했다.

"디오미스 의원이 너를 프람이 있는 곳으로 안내할 것이다. 라키네, 성공하건 실패하건 반드시 살아서 돌아오라, 이건 명령이다!"

젠다크의 유사드

다음날 이른 새벽 라키네는 프람과 위람을 각각 오파린 천에 싸서 왼쪽 모아닌에 집어넣었다. 남은 천으로는 끈을 만들어서 왼쪽 팔에 둘둘 감았다. 오른쪽 모아닌에는 피노의 고기로 만든 비상식량과 라크의 뼈로 만든 작은 칼을 집어넣으며 생각에 잠겼다.
'엄마가 살아 있었다면 내게 무슨 말씀을 하실까?'

라키네는 여명을 받으며 조용히 젠드를 나서서 스피룬을 벗어나 에실란으로 향했다. 반지의 유티마에서 나오는 초록빛이 어두운 물 속을 밝혀주었다. 마치 티리카와 함께 있는 것 같았다.

라키네가 한참을 올라 에실란에 도착했을 때 너스의 빛이 에실란 전체를 비추고 있었다. 라키네는 손을 뻗어 가장 부드러운 부분을 찾아서 칼을 꺼내어 자르고 그 속으로 들어갔다. 들어온 구멍은 다시 메워지기도 했고 이미 굳어버린 조각들은 어두운 스피룬의 바다로 떨어지기도 했다. 라키네는 조금도 에실란이 두렵지 않았다. 폐쇄 공포에 빠지지 않고 지치지 않는다면 무사히 그곳을 통과할 수 있다는 것을 이미 알고 있었기 때문이었다. 넬란과의 만남은 이미 그의 삶 전체에 영향을 주고 있었다.

에실란을 통과하자 너스의 빛이 가득한 바다가 라키네를 기다리고 있었다. 그날의 꿈처럼 아름답고 눈부신 광경이었다. 라키네가 통과한 에실란의 구멍은 모두 메워져서 이미 보이지 않았다. 라키네는 넬란에게 들은 대로 너스가 뜨는 동쪽 방향으로 몸을 돌려 헤엄쳐 갔다. 쉼없이 반나절 정도 가고 있을 때 동쪽에서 하얀 빛을 띠며 오고 있는 어떤 무리들을 보았다. 그 뒤를 유르크의 무리가 뒤따르며 빛을 내고 있었다.

그건 하얀 모안을 걸친 스피온의 무리였다. 라키네는 혹여 그들에게 노출될까 봐 에실란 가까이로 내려가 조심스레 위를 올려다보았다. 무리를 이끄는 스피온은 팔을 넓게 벌리고 있었는데 그 모습이 마치 하얀 바란을 보는 것 같았다. 그를 따르는 열 명쯤 되는 무리 역시 하얀 천으로 된 긴 모안을 두르고 있었다. 너스의 빛을 받은 그 천들은 마치 스스로가 빛을 발하는 양 아름답고 환상적으로 *빛의 바다*를 물들이고 있었다. 라키네는 아름다운 그들에게 닿고 싶었다. 서서히 그쪽으로 팔을 들려는데 갑자기 몸에 마비가 오는 것 같았다. 라키네는 또다시 자신이 꿈속을 헤매는 것 아닌가 하는 생각을 했다.

라키네가 눈을 다시 떴을 때 그가 이제껏 한 번도 본 적 없는 아름다운 장소에 와 있다는 걸 알았다. 올려다보니 그곳엔 경사로를 따라 크고 작은 광장들이 정갈하게 조성되어 있었고 각각의 공간엔 거대한 생물의 뼈로 장식된 아치형 상징물이 있었다. 바닥은 온통 하얗게 보였다. 마치 천국에 와 있는 것 같았다.

"이제 정신이 드는 모양이군."

어느새 라키네의 주변에 여러 스피온들이 모여들었다.

"제가 죽은 건가요?"

라키네의 물음에 그 중 한 스피란이 말했다.

"죽음의 고비를 넘겼다고 봐야지. 정신을 잃고 에실란
에 누워있는 것을 우리가 이곳에 데려왔소. 당신은 유
르크에 쏘였소. 스피온은 보통 유르크에 면역반응이
있는데 당신은 그렇지 않은 모양이오. 젊은 스피온인
것 같은데 어디에서 온 거요? 젠다크족도, 디오락족도
아닌 것 같은데..."

라키네가 그 스피란에게 되물었다.

"그런데. 여긴 어디인가요?"

"젠다크의 젠드요."

"젠다크..."

라키네는 순간 모아닌에 있던 프람이 잘 있는지 확인
했다. 다행히 그 자리에 잘 있었다.

"전 스피사틀란에서 왔습니다."

그들이 놀라며 되물었다.

"스피사틀란?"

167

그들은 라키네의 모아닌에서 칼을 꺼내어 따로 보관
한 뒤 맨 위쪽에 있는 광장으로 그를 데려갔다. 광장
과 대륙의 경사면이 만나는 부분에는 왕궁으로 보이
는 하얀 건축물이 있었고 그 앞에 은백색의 모안을
입고 하얀 천을 두른 우아한 모습의 스피란이 있었다.
그 의상은 라키네가 정신을 잃기 전 스피온의 무리를
이끌었던 그 스피란임을 확인시켜 주고 있었다.

"난 젠다크의 왕 유사드다."
그의 왕좌에는 의자 대신 두 개의 로크가 있었다. 등
뒤로 너스의 빛을 받으며 양손으로 로크를 잡은 그의
모습은 라키네가 그리던 신의 모습과 닮아 있었다. 라
키네는 바닥에 엎드려 머리를 조아렸다.
"스피사틀란의 라키네 입니다."
"거짓은 아니겠지?"
"그렇습니다."
라키네는 고개를 숙인 채 대답했다. 유사드는 라키네
를 데려온 스피란과 잠시 눈을 맞추고는 약간 거친
어조로 다시 말했다.

"네 모아닌 안에 푸른빛을 내는 돌이 있다던데... 그게 뭔지 말해줄 수 있나?"

라키네는 정신을 잃은 사이에 이곳의 스피온들이 자신의 모아닌에 있는 것들을 하나하나 확인해 보았을 것을 생각하니 낯선 이들 앞에서 발가벗겨진 느낌이 들었다. 그리고 프람에 대해 모를 리 없을 것 같은 젠다크의 왕이 어떤 생각으로 자신에게 이런 질문을 하는 지 진심으로 궁금했다. 아마도 유사드는 이미 자신이 어떤 목적으로 이 바다를 헤매고 있었는지 알고 있을 것 같았다. 어떻게 답해야 할지 고민이 되었다. 정직하게 말한다면 프람을 빼앗길 것 같았고 거짓으로 말한다면 혹시 받아야 할 도움을 받지 못할 수도 있을 것 같았다. 라키네가 고민하며 입을 열었다.

"저..."

집착할 것 같았던 유사드가 오히려 그것이 별로 대수롭지 않은 것이라는 듯 말했다.

"대답하기 어려우면 말하지 않아도 좋다."

"아, 아닙니다. 말씀드리지요. 그건 스피사틀란이 보관하고 있던 프람의 한 조각입니다."

프람이라는 이야기에 유사드의 눈초리가 잠시 흔들린 것 같았다. 잠시 후 다시 입을 열었다.

"정직한 스피온, 고개를 들어 나를 똑바로 쳐다보라."

라키네가 로크를 잡고 몸을 세우자 유사드는 그의 머리끝부터 꼬리 끝까지 천천히 훑어보았다.

"이리 와서 내 손을 잡으라."

유사드는 주변의 스피온들에게 괜찮다는 신호를 하고 로크를 잡고 있던 오른손을 라키네에게 내밀었다. 라키네가 조심스레 다가가서 그의 손을 잡자 유사드는 라키네의 눈을 응시하며 말했다.

"몇 살인가?"

"열여덟 입니다."

"스피룬은 에실란 밑에 가라앉아 있다지? 우리는 에실란 막이 바다의 중간 전체를 덮은 것을 보고 스피룬이 완전히 붕괴되었다고 생각한 적이 있었지. 그렇지 않다는 걸 알게 된 건 그리 오래 되지 않았다."

"오래 전에 에실란을 뚫고 스피룬으로 내려온 젠다크 족이 하나 있었습니다. 유리오트라는 이름의 스피란이었다고 들었습니다."

유사드가 그 이름을 이미 잘 알고 있다는 듯 입가에
옅은 미소를 띠며 말했다.

"유리오트... 우리에겐 너무나 익숙한 이름이지. 유리
오트는 젠다크의 왕을 보좌하는 가문의 스피란이었다.
내 할머니인 에이니드 재위시절에 유리오트가 젠드록
에서 갑자기 사라진 일은 당시 젠다크의 모든 스피온
들에게 알려졌을 정도로 큰 사건이었지. 왜냐하면 유
리오트는 평생을 에이니드와 젠다크 왕실에 헌신했고
곧 은퇴를 앞두고 있었기에 모두 그의 명예로운 은퇴
식을 기대하고 있었거든."

"그렇다면 더더욱 안타까운 일이네요. 그대로 젠다크
에 있었다면 두고두고 칭송을 받으며 편안한 여생을
보내실 분이 어쩌다가 에실란 아래 *어둠의 바다*로 내
려오게 되셨을까요?"

그러자 유사드가 의미심장한 어투로 말했다.

"유리오트의 실종에 관한 이야기는 잠시 후에 이어가
도록 하지."

"여하튼 이리야크의 만행 후에도 왕궁이 크게 부서지
지는 않았다는 소식은 들으신거군요."

171

"에이니드 시절에 우리는 여기저기서 들려오는 이야기를 듣고 스피룬이 비교적 온전한 모습으로 가라 앉아 있다는 걸 알게 되었지. 이후 에이니드는 스피사틀란의 세 전사 에미소드와 나레이드, 넬란이 프람을 얻기 위해 에실란을 통과하여 디오락으로 갔다는 소식도 들었다. 놀랍게도 그건 젠다크의 현명했던 한 스피란, 유리오트가 세운 계획의 결과였다."

라키네는 유리오트의 계획을 물어보기에 앞서 유사드가 넬란의 존재를 확인시켜 주었음에 감사했다.

"유리오트가 스피룬으로 내려온 것이 우연한 일이 아니었다는 말씀이군요."

유사드가 무겁게 입을 열었다.

"그건 결코 우연이 아니었지. 당시 스피사틀란이 당한 일로 우리 젠다크는 크나큰 고통과 책임감을 느끼고 있었다. 그건 벨리타 전체의 불행이었으니까. 우리 젠다크가 디오락으로부터 젠더시스와 프람을 제대로 지켰다면 그런 비극은 일어나지도 않았겠지. 젠다크와 스피사틀란은 모두 프라망의 자손이 아닌가?"

"디오락도 마찬가지였지요."

"그렇지, 그들이 그렇게 된 것도 우리 벨리타 스피온 모두의 불행이지. 젠다크족 모두와 에이니드가 스피룬의 상황을 궁금해하며 자책감에 빠져있을 때 유리오트가 에이니드에게 조용히 허락을 구했다지."

"어떤?..."

"유리오트는 젠다크와 벨리타의 스피온 전체를 위해서 죽기 전에 하고 싶은 할 일이 하나 있다고 말했다더군. 그건 스피사틀란과 스피룬이 지금 어떤 상황에 놓여 있는지 알아보는 것이라고 했어. 그리고 만약 스피사틀란이 무사하다면 그들에게 세개로 쪼개진 프람에 대한 이야기와 디오락의 지금 상황, 그리고 스피사틀란을 응원하는 젠다크의 마음도 전하겠다고 했지. 하지만 유리오트는 그 계획은 은밀히 이루어져야 한다고 생각했던 것이 분명해. 미리 디오락에게 전해지기라도 한다면 젠다크에게도 스피사틀란에게도 좋지 않을 것임을 직감했겠지."

"그래서 그렇게 치밀한 계획을 세우셨군요. 그런 선견지명을 가지고 계신 분인 줄 정말 몰랐습니다."

"한참 뒤 에이니드는 스피사틀란의 세 전사가 에실란을 뚫고 올라왔다는 소식을 듣고 비로소 유리오트의 계획이 성공했음을 알았지만 같은 이유로 몹시 슬퍼하셨다지."

라키네는 유사드의 이야기에 몰입하고 있었다.

"간절히 바라던 일들이 이루어진 것인데 무엇 때문에 슬퍼하신 건가요?."

"에이니드에게 스피사틀란의 전사가 올라왔다는 이야기는 더 이상 유리오트를 볼 수 없다는 것과 같았거든. 유리오트는 에이니드에게 마지막 간청이라며 노구를 이끌고 위험한 에실란을 통과해서 다시 돌아오라는 힘든 일은 이제 시키지 말아 달라고 간청했다."

"그랬군요. 그럼 세 전사가 젠다크에도 왔던 건가요?"

"그런 일은 없었지만 그 이후 젠다크의 스피온들은 유리오트의 실종에 관한 진실을 알게 되었지."

"그런데 세 전사가 올라온 건 어떻게 아신 거죠?"

"벨리타의 바다엔 보는 눈이 많다네."

유사드와의 대화는 라키네 머릿속의 복잡한 퍼즐들을 하나하나 맞추어 주고 있었다.

"젠다크에는 어떤 일들이 있었나요?"

"이리야크는 그 일을 일으킨 직후 우리 젠드록을 침탈하고 젠다크족을 무참히 유린했지. 안타깝게도 우리는 자력으로 디오락의 간섭에서 벗어날 수 없었다. 세월이 흐르면서 이리야크는 결국 자신의 잘못을 깨달았지. 그 후 그들의 간섭은 점차 줄어들었고 다행히 디오락으로부터 완전히 벗어났지."

"정말 다행입니다."

"스피사틀란족은 모두 어떻게들 살고 있는가?"

라키네는 그렇게 묻는 유사드의 목소리에서 미세한 떨림을 감지할 수 있었다. 그리고 스피룬을 생각하려는 순간 다시 등의 통증이 시작되었다.

"스피사틀란의 스피온 모두 스피룬이 가라앉은 그 때부터 지금까지 너무나도 힘든 시간 속에 있습니다. 에실란의 영향으로 점점 어두워지고 있고 숨쉬는 것도 예전 같지 않게 힘들어 지고 있습니다."

유사드는 라키네의 두 손을 꼭 잡고 말했다.

"불쌍한 스피사틀란... 네가 이곳에 오게 된 이유를 하나도 빠짐없이 모두 듣고 싶다."

라키네는 숨가쁘게 지나온 그간의 이야기를 숨김없이 꺼내 놓았다. 유사드는 긴 한숨을 쉬며 말했다.

"오래 전 일리미스로부터 프람을 전해 받았던 젠다크의 왕을 *신과 소통하는 스피온*, 즉 젠더시스라 불렀지. 네가 원한다면 젠다크 왕국의 상징을 팔에 새겨주겠다. 혹시라도 네가 신을 만난다면 그것이 그에게 너에 대한 신뢰를 줄 수 있을 것이다."

라키네는 왼쪽 팔에 스피온들의 연합을 의미하는 젠다크 왕국의 상징을 새겼다.

"나와 젠다크가 젠더시스의 이름으로 너와 스피사틀란을 응원하겠다."

유사드는 장인을 불러서 라키네에게 젠다크 전통 갑옷과 머리장식을 정성스럽게 만들어 주도록 했다. 젠다크식의 모아닌에는 에실란을 통과하느라 날이 모두 상했던 스피사틀란 전사의 칼과 양쪽에 날이 있는 젠다크 전사의 칼이 모두 들어있었다. 다음날 아침 라키네는 유사드의 성대한 환송을 받으며 젠다크를 벗어나 레닉의 무덤으로 향했다.

빛의 바다에서

라키네의 신체시계는 마치 다른 세계의 생명처럼 벨리타가 속한 천체와는 다르게 작동하고 있었다. 빛에서도 영양분을 얻을 수 있을 것 같았고 눈을 뜨고도 마치 자는 것처럼 휴식을 취할 수 있을 것 같았다. 자신이 이 세상을 벗어난 생명, 아니 생명을 얻은 무생물 같기도 했다. 얼마나 헤엄쳐 갔는지 모르겠지만 *빛의 바다*에 너스의 세계가 지고 유론의 세계가 찾아오고 있었다. 라키네는 그다지 지치진 않았지만 휴식이 필요하다고 생각했기에 내일을 위해 근처에서 묵을 곳을 찾기로 했다. 끝없는 에실란의 바닥 위에서 눈에 띄지 않는 특별한 곳을 찾기란 쉬운 일이 아니었다.

디오크에 가기 위해 에실란을 통과했던 과거 스피사틀란의 세 전사들은 어디에서 힘든 몸을 쉬어갔을 지 궁금했다. 한참을 더 가니 왼쪽으로 에실란이 대륙과 만나는 경계면에 다다랐다. 라키네는 그 근처에서 쉬어갈 장소를 찾기로 했다. 마침 움푹 패인 작은 공간을 발견하여 그곳에 몸을 기대고 눈을 감으려는 데 멀리서 반짝이는 것들이 보였다. 라키네는 경사면에 몸을 바짝 붙이고 그곳을 주시했다.

'아멜리드!'

수백 마리는 될 것 같은 아멜리드의 무리가 이동하고 있었다. 팔뚝만한 크기에 갑각류처럼 딱딱한 껍데기로 무장한 독특한 물고기 아멜리드. 스피사틀란의 스피온들이 그 껍데기를 이용해서 장신구 등을 만들기도 할 만큼 스피룬의 바다에서도 어렵지 않게 볼 수 있는 물고기지만 이렇게 많은 무리를 만난 것은 이번이 처음이었다. 그들이 움직일 때마다 껍데기 하나하나가 유론의 빛을 반사하며 주변을 아름답게 물들였고 몸이 움직일 때마다 나는 작은 소리들이 고요한 바다에 울려 퍼졌다.

마치 젠다크에도, 디오락에도, 스피사틀란에도 그 소리가 들릴 것만 같았다. 잠시 후 소리가 사라지고 바다엔 유론의 빛만이 남았다. 라키네는 어릴 적 어머니로부터 별의 무리를 보았다던 전설 속 스피온의 이야기를 들은 적이 있었다. 라키네는 물살에 떠내려가지 않도록 오파린 끈으로 적당한 바위에 손을 묶은 후 눈을 감고 오늘 하루를 되짚어 보았다. 유론의 빛을 받아 반짝였던 아멜리드 무리의 모습과 엄마가 들었다던 전설 속 스피온의 별 무리에 대한 상상이 번갈아 머릿속을 채우고 있었다. 그는 조용히 눈을 감았다.

얼마나 시간이 지났을까? 커다란 파동을 느낀 라키네가 눈을 떴다. 잠이 들었던 모양이었다. 조금전 아멜리드 무리가 다녀갔던 자리를 훨씬 더 커다란 생명체들이 메우고 있었다. 지진이라도 난 듯 에실란 바닥 전체가 그 파동에 반응하고 있었다. 라키네는 몸을 숙이고 모아닌 속의 칼을 만지작대며 그곳을 주시했다. 어둠 속의 커다란 물체들이 점점 가까워지고 있었다. '레닉, 레닉들이 오는 걸까?'

라키네는 혹시 그 무리 중 하나가 프람의 빛을 내고 있지는 않을까 하는 마음에 한 순간도 눈을 떼지 않고 그곳을 주시했다. 그것들은 레닉이 아닌 라크의 무리였다. 한때 바다를 지배했다는 벨리타의 상징이며 신이 변한 물고기라고 불렸던 라크 무리가 전사의 장례식날 때처럼 라키네의 눈앞에서 아멜리드가 지나간 방향으로 헤엄치고 있었다. 이런 황홀한 모습을 보고 있자니 스피사틀란이 더욱 가엾게 느껴졌다. 무리가 지나간 뒤 라키네는 다시 눈을 감고 잠을 청했다.

그가 다시 눈을 다시 떴을 때 손목에 묶었던 오파린의 끈은 풀려 있었고 은은한 빛만이 주변을 둘러싸고 있었다. 라키네 자신이 언제 잠들었고 언제 깼는지, 눈을 감고 있는 동안 자신이 얼마나 긴 거리를 이동했는지 하나도 확인할 길이 없었다. 아멜리드와 라크의 무리를 본 것이 어제의 일인지 그제의 일인지조차 분간할 수 없었다. 위가 텅 빈 것 같아서 모아닌에 손을 넣어 젠다크에서 받았던 음식을 꺼내 먹었다. 그리곤 계속 나아갔다. 주변엔 아무것도 없었다.

한참을 더 갔는지 그 자리를 맴돌았는지 모르겠지만 다시 너스가 지고 유론인지 유탄인지가 떠서 바다를 비추고 있었다. 라키네는 이제 자신을 몸 속 깊숙이 밀고 있는 바닷물이 무거워 견디기가 힘들었다. 곧 힘없이 에실란 바닥으로 떨어졌다.

열린 눈으로 바다의 끝과 티리카가 얘기했던 그 하늘이라는 것이 만나는 면이 자신의 들숨과 날숨에 따라 춤을 추는 모습이 들어왔다. 전사의 장례식 날부터 지금까지의 시간 속 사건이 하나도 빠짐없이 흔들리는 그 면에 투영되었다.

'넬란.'

젊고 아름다운 스피사틀란의 전사 넬란이 라크의 뼈로 만든 칼을 손에 쥐고 결의에 찬 눈으로 물살을 가르고 있었다. 라키네가 오른손을 뻗어 그를 만지려 하다가 그의 칼에 손을 베었다. 손바닥에서 시작된 흥건한 핏물이 잘려진 손가락들과 함께 물결에 흩어져서 각각 피노가 되고 에이닉이 되더니 작은 점이 되어 넬란과 함께 사라졌다.

'내가 여기서 일어나지 못하면 어떻게 될까? 젠다크는 디오락의 간섭에서 벗어났으니 나에게 더 바랄 것은 없겠지. 다만 젠다크의 왕 유사드는 그때 만나서 이야기를 나누었던 스피사틀란의 젊은 스피란에 대해 궁금해 하겠지. 디오락은 이제까지와 마찬가지로 선조의 행동을 후회하며 지금처럼 살아가겠지, 그리곤 언젠가 자신들이 저지른 행동을 모두 잊어버리겠지. 스피사틀란은, 우리 스피사틀란은.... 우리의 왕 에오란은 또다시 절망의 늪에 빠지겠지. 그리고 다시는 스피사틀란 전사에게 어떤 도전도, 그와 비슷한 행동도 시키려 하지 않겠지. 루보니언과 디오미스는... 내게 프람을 내준 것에 대해 후회하진 않을지라도 그 결정이 과연 옳았던 것일까에 대해 삶의 마지막 날까지 생각하고 또 생각하겠지. 내 친구 티리카는... 나 때문에 스피사틀란에 돌아오지 못한 내 친구 티리카는...'

그때 어디선가 너무나도 익숙한 음성이 들렸다.
"너무 멀리 왔다 라키네. 내가 아무것도 가져가지 못해서 네가 결국 여기까지 왔구나."

"아니야 티리카, 아니야."

라키네는 미친듯이 주변을 둘러보았지만 티리카는 보이지 않았다.

"날 찾으려 하지 마. 넌 날 볼 수 없어. 그리고 난 곧 떠나야 해."

"넌 그냥 목소리잖아, 목소리만이라도 나와 함께 있으면 안 돼?"

"목소리도 없을 곳에 있어선 안 되지, 이 말만 전해주고 갈 거야, 아니 가야 해."

"무슨 말?"

"넌 빛이 가득한 스피사틀란의 바다가 될 거야. 숨 쉬는 바다가 될 거야."

"티리카, 가지마!"

라키네가 소리치며 손을 뻗었다. 티리카의 목소리는 그가 만든 유티마 반지 속으로 사라진 것 같았다. 라키네는 왔던 방향과 가야 할 방향을 완전히 잃었다. 조금도 생각나지 않았다. 티리카의 말대로 그대로 이곳에서 바다가 될 모양이었다. 자신의 몸이 그대로 표슬아져서 에실란과 하나가 되는 느낌이 들었다.

'이제 어떡하지?'

눈이 스르르 감겼다.

"라키네! 라키네!"

라키네는 자신의 목소리와 비슷한 소리를 듣고 눈을 떴다. 이건 틀림없는 미래나 과거에서 온 자신의 소리라고 생각했다. 은은한 빛을 내는 작은 점들이 눈앞에서 천천히 스피란을 만들고 있었다.

'너희들은 에이닉이나 디모닉들이겠군. 아니면 더 작은 플랑크톤 들이거나...'

이제 그것은 푸른 모안을 두른 스피란이 되어 손이 닿을 만큼 가까이에 와서 누워있는 라키네를 정면으로 바라보고 있다.

"누, 누구신가요?"

그는 대답 대신 라키네의 얼굴을 쓸어 주었다. 그 스피란의 눈에서 떨어진 눈물이 돌처럼 무겁게 라키네의 볼에 툭 떨어졌다. 라키네가 다시 입을 열려 했다.

"그럴 필요없어 라키네, 내가 누군지 묻지 않아도 돼."

라키네도 그냥 그의 얼굴을 어루만졌다.

"불쌍한 라키네, 너무 무거운 짐을 지고 있구나. 억지로라도 그걸 내려주고 싶다. 하지만 난 그렇게 말할수 없어. 그걸 벗어 버리던 그대로 지고 가던 그건 온전히 네가 결정할 일이야. 네가 하고 싶은 대로 해. 난 네가 어떤 결정을 내리던 그 행동을 응원해 줄 거야. 절망에 빠진 네게 지금 내가 해 줄 수 있는 말은이것 하나 밖에 없는 것 같구나."

라키네의 건조한 눈물이 에실란 위에 떨어졌다.

"길을 잃었어요. 내가 스피사틀란으로 다시 돌아가던,계획대로 레닉의 무덤을 가던, 길을 알아야 하는데 길을 잃었어요. 제가 아침까지 여기서 이렇게 누워 있을수 있다면 너스의 빛을 보고 길을 찾을 순 있겠죠. 그런데 그때까지 제가 버티지 못하면 어쩌죠? 절망에서헤어 나오지 못하고 이 바다에, 아니면 에실란 속에녹아버리면요?"

그는 여전히 라키네의 얼굴을 쓸어주며 묵묵히 그 이야기를 듣고 있었다.

"내 손을 잡으렴."

그는 얼굴을 쓸어주던 손으로 라키네의 손을 잡고 빠른 속도로 위로 올라갔다. 라키네는 바다의 끝에 부딪힐 것 같은 두려움에 눈을 질끈 감았다. 라키네가 다시 눈을 떴을 때 그를 인도했던 스피란은 보이지 않았다. 그의 몸은 여전히 스피온의 바다속에 있었지만 그의 얼굴은 스피온의 바다를 벗어나 유론을 직접 마주하고 있었다. 꿈 속같은 그 세상이 호흡을 통해 그의 몸속으로 들어가서 자신을 완전히 새로운 생명으로 탈바꿈시키는 것 같았다.

시간이 멈춘 것 같은 고요가 라키네를 둘러쌌다. 그는 바다를 거치지 않은 밤하늘을 천천히 둘러보았다. 한 번도 본 적이 없는 반짝이는 것들이 시끄러울 정도로 점점 많이 나타나고 있었다.
'저것이 엄마가 들려주었던 별...'
까만 하늘의 한쪽에 별들이 한 점 한 점 그린 바라낙이 있었다. 라키네는 다시 깊은 물속으로 들어가 바라낙이 보였던 방향으로 힘차게 헤엄쳐갔다.

레닉의 무덤

에실란을 통과한 지 삼십오일 째 되는 날 저녁, 라키네는 넬란이 말했던 장소로 추정되는 곳에 도착했다. 오른쪽에 있는 깎아지른 듯한 대륙의 단면에 많은 동굴들이 있었다. 유심히 살펴보니 피노 무리가 드나드는 커다란 동굴이 눈에 띄었다. 목적지에 닿았다는 안도감에 긴장이 풀렸다. 마음을 잠시라도 쉬고 싶었다. 호흡이 가빠왔다.

'라키네 괜찮아, 지금 들어가기 싫으면 여기서 더 기다리면 돼. 서두를 것 없어.'

내면의 소리인지, 티리카 혹은 푸른 모안을 두른 스피란의 음성인지가 이렇게 이야기하고 있었다.

라키네는 경사면에 기대어 눈을 감고 천천히 숨을 내쉰 후 동굴로 들어갔다. 뚫린 구멍을 통해 간간히 들어오는 너스의 빛이 동굴 벽에 닿았지만 그곳에 색은 없었다. 다만 어두운 기운이 그곳을 덮고 있을 뿐이었다. 주위를 살펴보니 얼핏 보아도 백은 넘어 보이는 거대한 레닉의 사체와 뼈들이 내려다 보였다. 그리고 아직 남아있는 레닉의 살들로 배를 채우려는 피노 무리들의 아비규환이 보였다.

어릴 적 위리트에 가려면 *검은 땅*이라 불리는 지역을 반드시 거쳐야 했다. 그곳은 벨리타의 중심에서 뿜어져 나오는 열기로 언제나 뜨거웠다. 젠드를 만드는 스피온은 반드시 다녀가야할 곳이지만 그렇지 않은 스피온은 죽을 때까지 결코 올 일이 없는 곳이었다. 그곳을 지나다 갑작스런 열기에 방향을 바꾸지 못한 바다생물들은 멀리 가지 못하고 근처에서 죽은 후 *검은 땅*이 되었다고 했다. 라키네 가족이 위리트에서 다른 스피온들과 함께 사고를 당한 날, 아빠는 크게 당황하여 다친 엄마를 안고 미친 듯이 스피룬으로 향했다.

어린 라키네 역시 그 사고로 등을 크게 데었지만 그
날은 평소처럼 아빠의 손을 잡고 돌아갈 수 없었다.
그날 라키네가 지치고 아픈 몸으로 혼자서 스피룬으
로 헤엄칠 때 나타났던 물고기는 라키네의 모든 아픔
마저도 한 입에 삼킬 만한 큰 몸집을 가지고 있었고
세상의 모든 짐이 다 들어있을 것 같은 거대한 뿔을
등에 지고 있었다.

거대한 레니킨들이 켜켜이 쌓인 모습은 죽음 속으로
들어가는 관문처럼 보였다. 그 사이를 드나드는 피노
들은 삶과 죽음을 오가는 것 같았다.
'이곳에 과연 프람이 박혀있는 레니킨이 있을까? 있다
면 내가 그것을 발견할 수 있을까?'
넬란의 말에 의하면 그 레닉은 레클란 6세 시절에 감
쪽같이 사라졌다고 했고 레닉의 수명은 스피온의 수
명과 크게 다르지 않을 것이라고 들었으니 당연히 그
레닉은 죽었을 것이다. 하지만 이곳이 아닌 다른 곳에
서 죽었을 수도, 아니면 이곳에서 죽었더라도 죽기 전
에 다른 곳에 프람을 떨어뜨렸을 수도 있을 것이었다.

어쩌면 프람을 가지고 있건 그렇지 않건 아직 살아있을 가능성도 배제할 순 없었다. 머릿속이 복잡한 라키네는 우선 레닉의 사체 하나하나를 천천히 살펴보기 시작했다. 레닉들의 사체 위로 깔렸다가 사라지는 너스의 빛과 동굴 입구를 통해 보이는 바다 색의 변화만이 그곳에서 흐르는 시간을 말해줄 뿐이었다.

그곳에 프람은 없었다. 며칠 동안 모든 레니킨을 살폈지만 그곳에 분명 프람은 없었다. 라키네는 이제 프람을 가진 레닉이 오길 바라며 이곳에서 계속 기다려야 할지 아니면 어딘가 돌아다니고 있을 그 레닉, 혹은 레니킨에서 떨어져 에실란 위에서 반짝이고 있을 프람을 찾아 나서야 할지 이곳을 다녀갔던 다른 스피온들처럼 고민해야 했다.
'넬란이라면, 에오란이라면, 티리카라면 어떻게 할까?'
갑자기 공복감을 느낀 라키네는 모안에 손을 넣어 보았지만 먹을 거라곤 아무것도 없었다. 피노를 사냥하여 허기를 달랜 후 잠시 쉬어야겠다고 생각했다. 이제 그곳에서 나는 냄새가 아무렇지도 않았다.

'기다려야겠어. 그 레닉은 분명히 살아있을 거야. 프람과 함께 있기에 다른 레닉보다 오래 살고 있는 거야. 난 급하지 않아. 이곳엔 허기를 달랠 피노도 있어. 스피사틀란에선 이미 나를 포기했을 거야.'

라키네는 아늑한 장소를 찾아가서 오파린 끈으로 바위에 손을 묶고 언젠가 이곳으로 돌아올 그 레닉을 기다리기로 했다.

작은 파동을 느낀 라키네가 눈을 떴을 때 지쳐 보이는 레닉 하나가 동굴로 들어오고 있었다. 어두운 밤이었다. 며칠이 지난 건지 아니면 그보다 훨씬 더 오랜 시간이 흐른 건지 알 수 없었다. 그는 레니킨에서 푸른빛이 나는지 유심히 살펴보았지만 찾을 수 없었다. 지느러미가 다 닳아버린 그 레닉은 몸의 균형을 잃고 스러지고 있었다. 그의 몸 구석구석엔 작은 물고기들에게 뜯긴 흔적이 고스란히 남아 있었고 레니킨은 깎이고 부러져 있었으며 눈은 한없이 슬퍼 보였다. 레닉의 몸이 이미 그 시기를 지난 다른 몸들 위로 서서히 포개어지며 거대한 꼬리가 힘없이 아래로 내려갔다.

또 하나의 역사가 벨리타 바다에서 사라지고 있었다.
라키네도 그 레닉과 함께 눈을 감았다.
'나처럼 레닉의 끝을 본 스피온이 또 있었을까?'

에미소드의 활시위를 벗어난 화살처럼 빠른 속도로
벨리타 바다의 빛과 어둠이 반복되었다. 그 이후에 두
마리의 레닉이 이곳에 와서 지친 삶을 내려놓았다. 라
키네는 자신의 몸에도 레닉과 마찬가지로 세월의 흔
적이 새겨지고 있음을 느꼈다. 그를 스쳤던 모든 스피
온들도 그러할 것이었다.
'괜찮아, 난 괜찮아. 이곳에서 지금처럼 널 기다릴 테
지만 조급해 하지는 않을 거야. 여기에서 이렇게 지내
는 거 난 아무렇지도 않아. 그러니 너도 남은 생을 충
분히 살아. 서두르지 마.'

그곳에서 네 번째의 파동을 느낀 라키네가 눈을 떴을
때, 손목에 있던 오파린의 끈은 거의 헤졌고 세 번째
로 이곳에 도착했던 그 레닉은 이미 뼈만 앙상하게
남아 있었다.

시간이 또 흘렀다. 어둠 속에서 푸른빛을 품고 들어오는 거대한 실루엣이 보였다. 모아닌 속의 프람이 뜨거워지고 있었다. 라키네는 기다리던 그 레닉이 안정된 곳에 자리를 잡고 편안하게 생을 마감할 때까지 명복을 빌며 조용히 기다렸다. 레닉의 호흡이 완전히 멈추자 레니킨의 프람도 그 빛을 잃는 것 같았다. 라키네는 천천히 레니킨에 다가갔다. 프람은 마치 오래 전부터 레니킨과 하나가 된 것처럼 그곳에서 자라난 자잘한 뼈들로 둘러싸여 있었다. 라키네는 칼을 꺼내어 작은 뼈들을 잘라낸 후 조심스레 프람을 꺼내 오파린의 천으로 싼 후 모아닌에 집어넣었다. 라키네는 스피룬을 떠날 때와 같은 마음으로 서쪽 끝 일리미스의 동굴을 향해 출발했다.

라키네의 모아닌에서 새어나온 프람의 빛이 유티마의 빛과 함께 밤 바다를 은은하게 비추고 있었다.

일리미스의 동굴로

괴기스런 소리에 라키네가 황급히 뒤를 돌아보았다. 그 소리는 마치 페르낙의 껍데기를 에도라크의 뼈로 만든 칼로 긁는 소리 같았다. 조금 전 지나온 곳에서 시작된 소리가 파동을 타고 바다 전체로 퍼지고 있었다. 라키네는 소리가 나는 쪽으로 가 보았다. 거대한 바란이 에실란 위에서 움직이지 못하고 있었다. 라키네는 두려움과 경이로움으로 가까이 다가갔다. 바란은 다시 한 번 고통스런 소리를 내며 몸을 뒤척였지만 에실란에서 벗어날 수 없었다. *어둠의 바다*에서 지내던 바란이 얇은 에실란 막을 찢고 올라오다가 꼬리가 미처 빠지기 전에 에실란이 굳어버리는 상황 같았다.

라키네는 젠다크 전사의 칼을 꺼내어 바란의 꼬리를 잡고 있는 에실란을 자르기 시작했다. 에실란 막이 굳어지기 전에 모두 잘라내야 했다. 처음엔 요동치던 바란이 시간이 지나자 라키네에게 몸을 맡겼다. 새벽녘이 되어서야 에실란으로부터 바란을 구해줄 수 있었다. 라키네는 *어둠의 바다*를 유영하던 바란이 자신의 모아닌에서 새어나오는 프람의 빛을 따르기 위해 에실란 막을 통과하려 했던 것이라고 생각했다.

'네가 너를 도왔으니 너도 나를 도와줘.'

라키네는 바란의 등에 난 세개의 촉수 중 맨 뒤의 것을 조심스레 잡고 마음을 전했다. 바란은 라키네를 태우고 스피온의 바다로 헤엄쳐 갔다. 그때 에실란에서 뭔가 특별한 일이 벌어지고 있었다. 위리트에서 보았던 기포가 생각났다. 라키네는 자신이 올라온 에실란 근처라고 생각되는 장소에서 바란을 놓아주었다. 바란은 어둠 속으로 사라졌다. 무거워진 바닷물이 에실란과 함께 *빛의 방울*들이 되어 쉴 새 없이 *어둠의 바다*로 사라지고 있었다. 그제서야 비로소 라키네는 스피룬을 떠난 후 얼마의 시간이 흘렀는지 알 수 있었다.

티리카와 함께 호기심 어린 표정으로 왕궁 광장에 내리는 *빛의 방울*을 하염없이 바라보던 6년 전 전사의 장례식이 생각났다.

'근심 가득한 얼굴로 스피사틀란 전체를 살피던 에오란, 내 이야기에 귀를 기울여 주고 큰 도움을 준 루보니언과 디오미스, 목숨을 바쳐 디오락에 다녀왔던 전사들, 많이 변했겠지? 일리미드의 동굴에 다녀온 후에도 보고 싶은 그 얼굴들을 다시 볼 수 있을까?'

라키네는 아직도 에실란 어딘가에서 스피사틀란의 미래를 걱정하고 있을 넬란을 그려보았다.

'당신은 내게 무엇을 준 건가요?

나는 당신에게 뭘 주었을까요?

우리의 만남은 운명이었을까요?

당신은 내 머릿속에서만 있는 존재인가요?

당신은 아직 살아있나요?'

라키네는 에실란으로 힘없이 내려와 *빛의 방울*이 떨어지고 있는 구멍을 통해 *어둠의 바다*를 잠시 내려다보았다. 그리곤 더 지체하지 않고 신의 동굴이 있다는 서쪽으로 출발했다.

젠더시스의 땅 젠드록과 디오락의 대륙 이누디오크, 에핀디오크, 엘라디오크를 차례로 지났다. 언제 도착할 지 예측할 수 없는 곳으로 헤엄쳐 가는 동안 낮과 밤이 쉴 새 없이 바뀌었고 힘들고 지친 몸은 바다와 하나가 되는 것 같았으며 외로움도 기대감도 모두 사라져 버린 것 같았다. 어느 순간부터는 헤엄치는 것이 힘들지 않았고 더 이상 지치지 않았다. 드디어, 드디어 여러 개의 동굴이 뚫려있는 경사면이 보였다. 그런데 속도가 서서히 줄기 시작했다. 그리고, 라키네는 그 바다에서 멈추어 버렸다.

'뭐지? 뭐가 나를 멈추게 한 거지?'

라키네는 어렵게 고개를 돌려 주변을 살펴보았다. 그곳의 물고기들도 자신처럼 움직이지 못하고 있었다. 그것들도 죽은 것이 아니었다. 그냥 그 자리에 멈추어 있었다. 시간이 멈춘 것처럼 바다의 물결이 라키네의 움직임을 받아주지 못하고 있었다. 비로소 넬란이 이야기했던 신의 바다에 들어선 모양이었다. 라키네는 이제부터 물을 밀며 움직이는 것에 익숙해져야 했다.

그리고 거기서부터 티리카와 여러 전사가 다녀갔다던 그 동굴을 찾아야 했다. 라키네의 움직임 하나하나가 주변의 물을 움직여서 그 자리에 있는 물고기를 툭툭 치고 있었다.

'이곳은 빛과 어둠의 경계가 없는 신의 바다. 시간이 멈춰버린 신의 바다.'

또한 이곳은 위리트가 생각날 만큼 스피온의 바다에 비해 온도가 높았다. 근처에서 레닉의 무덤만큼이나 큰 동굴을 어렵지 않게 찾을 수 있었으나 그 입구 한가운데 반짝이는 무언가가 있었다. 가까이 다가가서 확인해 보니 입구 위쪽에 매단 무언가가 수직으로 내려와 있었다. 스피룬의 바다였다면 그것은 당연히 물결에 따라 흔들렸을 것이다. 하지만 이곳에선 그림처럼 움직이지 않고 있었다. 그건 오파린의 끈에 묶여있는 화살촉이었다. 라키네는 옆에 있는 동굴의 입구에서도 같은 것을 볼 수 있었다. 그 옆의 것도, 그리고 그 옆 동굴 입구에도 같은 것이 매달려 있었다. 라키네는 잠시 생각에 잠겼다.

'네아킨의 촉수로 만든 화살촉이라...'

조금 더 오른쪽에 있는 동굴로 가 보았다. 그 입구에는 반짝이는 것이 매달려 있었다. 그곳 입구는 그리 크지 않았다. 빛을 내고 있던 것은 자신의 손에 있는 것과 같은 유티마가 박힌 반지였다. 라키네는 두근거리는 마음을 진정시키고 검디검은 동굴 안쪽을 멍하니 내려다보다가 동굴의 입구 주변에 잠시 누웠다.

'이 바다에선 무슨 일이 일어나는 걸까? 왜 물이 이렇게 굳어있는 것 같지? 내 머리와 몸이 이상해진 걸까? 아니면 정말 시간이 멈춘 걸까? 그렇다면 내가 여기서 얼마나 시간을 보낸 걸까?'

라키네는 그간 익숙했던 스피온의 방식으로는 이곳에서 원하는 것을 얻지 못할 것이라고 생각했다. 이제부터 어떻게 움직여야 할 지 난감했다.

'흙을 파고 들어가는 것처럼 물을 파고 들어간다면?'

라키네는 손바닥으로 물을 찌르고 팔에 닿은 물을 끌어당기는 방식으로 움직여 보기로 했다. 그렇게 하니 조금 더 몸이 수월하게 움직이는 것 같았다.

라키네는 머리장식을 벗은 후 오른쪽 모아닌에서 스피사틀란 전사의 칼을 꺼냈다. 그리고 칼 등으로 머리장식의 이마 부분과 허리장식의 가운데 부분을 두어 번 두들겨 눌러주었다. 라키네의 동작 하나하나가 건드린 물결이 동굴 입구에 달린 화살촉과 반지를 미세하게 움직이고 있었다. 그리고 왼쪽 모아닌에서 조심스레 오파린 천에 싸인 위람과 프람을 꺼낸 후 위람을 이용해서 프람 하나를 머리장식의 이마 부분에 붙이고 다른 하나는 허리장식의 가운데 부분에 붙였다. 프람의 푸른빛이 라키네의 주변을 밝혀주었다. 라키네는 약간의 떨림과 두려움을 안고 유티마가 박힌 반지가 매달려 있던 동굴 속으로 천천히 들어갔다.

해후

"소용없는 짓을 하고 있군."

프람의 빛에 의지해서 조금씩 동굴 밑으로 내려가던 라키네의 귀에 어떤 소리가 들렸다. 라키네는 그 소리가 자신의 착각에서 비롯된 것이거나 환청이라고 생각했다. 그는 이곳에서 벌어지는 일은 모두 실체가 없는 것이라고 자기암시를 했다.

"내 소릴 들었을 텐데..."

라키네는 그 소리를 무시하고 밑으로 조금씩 헤엄쳐 내려갔다.

"신은 네 청을 들어주지 않아."

라키네는 그 소리의 파동이 자신에게 조금씩 닿고 있다고 느끼고 주위를 둘러보았다. 머리장식에 붙어 있는 프람의 빛을 통해 동굴의 내부를 둘러보아도 근처에서 소리를 낼 만한 것은 보이지 않았다. 라키네는 혼란스러웠다.

'내가 무엇을 들은 거지?'

라키네가 멈췄다 내려가려는데 다시 소리가 들렸다.

"스피사틀란의 라키네. 너도 죽은 것인가?"

라키네가 깜짝 놀라 뒤돌아보았다.

"난 죽지 않았어요. 당신은 누구 신가요?"

"난 가누즈 6세다."

"가누즈... 신에게 기도한 후 이곳에 프람을 떨어뜨렸다던 엘라디오크의 가누즈?"

"그렇다. 살아있는 스피온이 또 여기까지 오다니 믿을 수 없군."

"또 누가 왔었나요? 당신을 볼 수 없어요. 당신은 어디에 있나요? 당신은 죽은 건가요?"

"모든 것이 멈추어 있는데 삶과 죽음이 다르겠는가? 날 찾으려 하지는 마. 난 목소리니까."

자신을 가누즈 6세라고 소개한 그 목소리는 점점 더 이해하기 어려운 말만 했다.

"당신은 여기에서 무엇을 하는 건가요? 왜 여기에 있는 거예요?"

"네가 여기에 왔기 때문에 내가 여기에 있는 것이야. 넌 질문이고 난 대답이니까."

'넌 질문이고 난 대답이라...'

"질문이 없으면 대답도 여기에 있을 필요가 없지."

조금 생각해 보던 라키네가 계속 내려가면서 말했다.

"하지만 당신이 먼저 내게 말을 걸었어요. 난 아무것도 질문하지 않았는데..."

"네가 여기 온 것이 첫 번째 질문이었다."

라키네는 이 혼란스러움이 현실인지 꿈인지 사후인지 알 길이 없었다.

"너는 내게 질문할 수 있다. 물론 질문하지 않아도 된다. 네가 질문하지 않으면 난 그냥 갈 수도 있고 묻지 않은 네 질문에 대답할 수도 있다. 네가 먼저 묻지 않으면 내가 먼저 행동하겠다."

라키네는 이 기회를 놓치고 싶지 않았다.

"여기서 당신을 만났다는 건 제가 일리미스의 동굴을 옳게 찾아왔다는 증거겠지요?"

"그건 나도 확신할 수 없다. 다른 동굴에도 역시 내 대답은 존재할 지 모르지."

라키네는 그렇다고 힘들게 다른 동굴에 들어가서 똑같은 질문을 할 수 있는지 확인하고 싶지는 않았다.

"그런데 무엇이 소용없는 짓이라는 건가요?"

"네가 신에게 무언가를 부탁해도 신은 아무것도 네게 해 주지 않을 거라는 거지."

"제가 여기 왜 왔는지는 아시는 모양이군요?"

"당연하지, 네가 가지고 있는 두 개의 프람이 그 이유 아닌가?."

"그런데 왜 신이 제 청을 들어주지 않을 거라고 말하는 거죠?"

"그에겐 의지가 없기 때문이야. 신이라도 의지가 생기지 않으면 아무것도 할 수 없지."

"당신은 그것을 어떻게 알았어요?"

"내가 그에게 프람을 가져다 주었지만 아무 일도 일어나지 않은 것으로 알 수 있었다."

"신도 무언가를 이루려면 나머지 두 개의 프람이 더 필요하지 않았을까요?"

"그건 핑계일 뿐일 거야. 그가 의지가 있었다면 하나의 프람 만으로도 충분히 할 수 있었을 것이야."

"당신은 신을 만나서 프람을 직접 전달한 건가요? 그와 이야기를 나누어 보았어요?"

"신을 직접 만났냐고? 그럴 필요 없었지. 나는 이미 그의 지시로 이리로 온 거야. 그리고 그가 원했던 바로 이 장소에서 프람을 떨어뜨렸어. 그가 일부러 거부하지 않았다면 프람을 못 받았을 리 없어."

"왜 끝까지 내려가서 신의 존재를 확인하고 직접 전달하지 않았나요?"

"선한 의지를 가지고 이곳까지 온 것만으로도 내겐 큰 용기가 필요했지. 난 다시 돌아가서 엘라디오크를 통치해야 할 의무와 책임이 있는 스피온이야. 신을 직접 만난다는 건 위험한 거야. 그가 만약 내 청을 들어주는 대신 내가 가진 모든 걸 포기해야 한다고 말한다면 내가 뭐라고 답해야 할까? 나는 그런 상황에 맞닥뜨릴 준비가 되어있지 않았어."

라키네는 그와 대화를 나누는 동안 머리가 점점 더 복잡해 지는 것 같았다.

"지금은 언제인가요? 제가 스피룬을 떠난 지 얼마나 되었을지 정말 궁금해요."

"그건 나도 잘 모르겠군. 그건 도리어 내게 네게 물어 야겠지. 그곳을 언제 떠났는가?"

라키네가 기억을 더듬어 말했다.

"제가 떠나온 건 젠다크력 1616년 입니다. 그리고 다시 스피룬의 바다 위를 지날 때가 1622년 이었을 겁니다. 그 때 에실란 위에서 *빛의 방울*이 다시 떨어지는 것을 보았으니까요."

그러자 가누즈가 말했다.

"네가 다시 그곳을 지날 때는 네 말대로 1622년이었을 수도 있었겠지. 어쩌면 1628년이거나 그 이후였을 수도 있었겠고. 그리고 지금은 그로부터 며칠이 지났는지 아니 몇 년, 몇십 년이 지났는지도 모르는 거야."

라키네가 동굴 아래로 더 내려가니 더 이상 가누즈의 목소리는 들리지 않았다. 그의 소리를 들을 수 없게 되자 라키네는 더 큰 외로움을 느꼈다.

"불쌍한 스피사틀란, 가엾은 라키네..."

이번엔 어디서 들어본 듯한 친근한 목소리가 들렸다.

라키네는 그 소리의 주인을 알 것 같았다.

"넬란?"

"너를 이곳에 오게 하다니, 미안하구나."

"당신이 오게 한 것이 아니에요. 먼저 갔었던 전사들이 실패했기에 제가 스스로 결심한 거예요."

"그 모든 것에 내가 책임이 없다고 할 수 없어."

"당신은 결국 에실란에서 죽은 건가요?"

"그래, 너를 보낸 날부터 음식을 끊었단다."

"왜 그러셨어요?"

"너와 이야기를 나누면서 난 내 소명을 다 했다고 생각했다. 넌 내가 얼마나 긴 세월을 살아왔는지도 알게 해 주었고 그곳에서 죽지 않고 있었던 이유 역시 널 만나기 위함이라는 것도 깨닫게 해 주었어."

"그때 저를 만나지 못했다면 어떻게 하셨을까요?"

"아마도 다른 스피온을 만나서 내 이야기를 전할 날이 올 때까지 지루한 기다림을 계속했겠지."

"당신이 신을 찾아 나선 동굴도 이곳이었나요?"

"나는 이곳의 동굴을 거의 모두 들어가 봤어. 그리고 결국 이곳을 찾았지. 비로소 이곳에 신이 있을 거란 생각이 들더군."

"당신은 결국 신을 만났나요?"

"만나지 못했어. 내가 왔던 곳은 네가 있는 바로 여기, 여기까지야."

"왜 더 내려가지 않았어요?"

"너처럼 몸을 움직이기 힘들었기도 했지만 더 큰 이유는 두려움이었지. 신을 만난 후 벌어질 예기치 못할 일들에 대한 두려움."

"스피사틀란의 전사가 된다는 건 목숨을 내놓는 일이잖아요. 그보다 더 두려울 것이 있었어요?"

"목숨을 건다는 건 당연히 내가 각오한 일이었지. 하지만 더 큰 두려움은 혹여 내가 감당하지 못할 일이 생기진 않을까 하는 것이었어."

"어떤...?"

"신과 대화를 할 때 혹시나 내가 실수하지는 않을까, 내 사소한 잘못으로 스피사틀란의 미래가 더 어두워지는 일이 벌어지지는 않을까 하는..."

"그랬었군요. 저도 지금 똑같은 두려움이 있어요. 저는 어떻게 해야 할까요?"

"그런 마음이 없다면 스피온이 아니라 신이겠지. 다가올 두려움을 준비해. 그것이 내가 할 수 있는 말이야."

라키네가 더 내려가자 넬란이 떠날 준비를 했다.

"여기에서 너와 헤어져야 할 것 같구나. 난 더 내려갈 수 없어. 끝으로 네게 감사의 말을 전하고 싶다. 너를 만나지 못했다면 아무도 모르는 곳에서 죽지 못해 살아가던 내 삶에 의미가 있었을까? 그리고 이렇게 편한 마음으로 삶을 내려놓을 수 있었을까?"

잠시 후 더 이상 그의 목소리가 들리지 않았다.

'스피사틀란의 미래를 위해 정말 큰일을 하셨어요. 넬란. 감사합니다.'

라키네는 마지막으로 배가 고팠던 적과 졸음이 밀려왔던 적이 언제였는지 기억이 나지 않았다. 마치 신진대사가 멈춘 것 같았다. 내려가면 내려갈수록 더 어두워지고 온도는 더 높아지는 것 같았다. 등의 흉터가 그만큼 더 욱신거렸다.

"라키네."

그 소리를 듣는 순간 눈물이 핑 돌았다.

"티리카, 티리카지?"

"아직 내 목소리를 잊지 않았구나."

"어떻게 네 목소리를 내가 잊을 수 있을까? 모든 순간 네가 생각났는데."

"얼마나 시간이 흐른걸까? 넌 그대로네."

"나도 모르겠어 티리카, 내가 스피룬을 떠난지 얼마나 되었는지..."

"아마 네게도 넬란과 같은 그런 일이 벌어진 모양이지? 긴 시간이 지났는데도 늙지 않은걸 보니."

라키네의 가슴속에 티리카와 못다 나눈 감정들이 소용돌이 치고 있었다.

"미안해 티리카."

"미안할 것 없어. 내가 너라도 그렇게 행동했을 거야. 그리고 네가 나라도 이렇게 행동했을 것이고."

"넌... 어떻게 된 거니? 왜 너만 못 온 거야?"

"글쎄, 난 그렇게 금방 우리의 실패를 인정하고 싶지 않았어. 어쩌면 내가 네 친구였기 때문이기도 했겠지.

우리는 네 말대로 그곳에서 가장 큰 동굴을 찾았어. 그리고 망설이지 않고 동굴 아래로 내려갔지. 나는 유티마의 반지가 있으니 내가 앞장서는 것이 좋겠다고 했고 모두 내 의견을 따랐어. 우린 반드시 프람을 찾아서 돌아가겠다는 결의에 차서 쉬지 않고 내려갔어. 우리가 실패할 거라고 생각한 동료는 하나도 없었을 거야. 그런데 며칠을 내려가도 끝이 나오지 않더군. 우리들은 그 자리에 멈춰서 어떻게 하는 것이 좋을지 회의를 했어. 내 생각에는 조금만 더 내려가면 끝이 보일 것 같았지만 일방적으로 내 의견을 따르라고 말을 할 순 없었지. 난 사실 그곳이 신의 동굴이 아닐 수도 있다고 생각했어. 하지만 끝까지 내려가 보지 않으면 알 수 없잖아. 누구라도 그것을 확인해야 혹시 다음에 올 지도 모를 스피온들을 위해 도움이 될 것 같더라. 그래서 난 다른 전사들에게 먼저 가라고 한 뒤 조금 더 내려가 본거야. 그곳이 우리가 찾던 곳이 아닌 걸 확인한 후 동료들을 뒤따랐지만 결국 그들을 놓쳤어. 모두 지치고 힘들었을 테고 에오란과의 약속도 있으니 그들도 기약없이 날 기다릴 순 없었겠지."

라키네가 자책감 가득한 목소리로 말했다.

"결국 네가 오지 못한 이유는 거대한 동굴이라고 이야기했던 나 때문이었구나."

"아냐 라키네, 자책하지 마. 넌 절대로 그렇게 이야기하지 않았어. 넌 여기에 이렇게 많은 동굴이 있을지 몰랐었잖아. 우리가 그 동굴이라고 생각한 건 단지 그것이 가장 컸기 때문이야."

티리카는 아직까지도 라키네의 감정을 어루만져주려 하고 있었다.

"그 다음엔 어떻게 했어?"

"난 어느 지점에선가 너무 지쳐서 에실란 위에 누워버렸어. 정말 너무 힘들더라. 그곳에 누워 바라보는 바다의 경계면이 무척이나 아름다웠어. 저 바다의 위는 어떤 세상일까 궁금하기도 하더군. 나 혼자 힘으론 도저히 에실란을 다시 통과할 엄두가 나질 않았지. 아마도 며칠 동안은 그곳에 그대로 있었던 것 같아. 내가 살아있는 의미에 대해 생각하게 되더군."

"에실란 위에 누우면 정말 여러 가지 생각이 들게 되나봐. 그래서?"

"난 다시 동굴이 있는 곳으로 돌아갔어. 정말 신이 있는 동굴은 어느 곳인지 알고 싶었지. 나중에라도 어떤 스피온이 또 올 것만 같았거든."

티리카는 그런 친구였다.

"내가 올 줄 알았어?"

"그건 아니야. 내가 여기서 얼마나 살았는지 모르겠지만 내 몸이 늙어가는 것이 느껴졌지. 아마도 내 남은 삶의 그 반은 여기에서 보냈을 거야."

"외롭고 힘든 시간을 보냈겠구나. 네 덕분에 난 한 번에 여길 찾았어."

"다행이야. 네게 들었던 넬란의 삶도 생각이 나더군."

"그래서 모든 동굴을 다 내려가서 신이 있는지를 확인해 보았다는 거지? 결국 신을 만났어?"

"내가 이 동굴에 내려온 건 이 지점까지야. 이 동굴의 끝에 신이 있다는 확신은 있었지. 하지만 내 역할은 여기까지란 생각이 들었어. 두렵기도 했고."

라키네는 넬란의 이야기를 되뇌며 그 두려움이 무엇이었을지 이해할 수 있을 것 같았다.

"여기에 도착했을 땐 정말 너무 힘들었어. 다시 올라 갈 힘이 없어서 잠시나마 이런 생각도 했지. 이곳에서 옆으로 구멍을 뚫는다면 에실란을 통과할 것도 없이 그리운 내 고향 스피룬의 바다로 바로 갈 수 있을 텐데 하고 말이야."

"정말 그럴 수도 있겠네. 우린 이미 동굴 깊숙이 내려와 있는 거잖아, 그래서 시도를 해 봤어?"

"스피온이 무슨 힘이 있어서 동굴에 구멍을 뚫겠니? 나는 다시 입구로 올라갔고 스피룬으로 돌아가려다가 결국 에실란 위에서 정신을 잃고 말았어. 다행히 디오락의 스피란이 날 발견했지. 난 그 이후 그들과 함께 디오크에서 조용히 삶을 마감했어."

"그렇게나 세월이 흐른거구나. 그러고 보니 우린 죽지도 않았던 네 장례식을 치렀던거네..."

"그랬구나. 그래도 고맙네. 어짜피 살아있는 동안 볼 수 없는데 살아있는 거나 죽은 거나 뭐가 다르겠어?"

"티리카, 너 없이 어떻게 살아가라고 그렇게 갑자기 사라져 버린거야?

라키네의 입에서 말도 안되는 투정이 튀어나왔다.

"그러는 넌? 넌 네게 작별인사라도 하고 에실란으로 들어갔니? 내가 혼자서 젠드탑의 날짜를 바꿀 때 무슨 생각을 했을까?"

"미안해."

"아니야 라키네, 그냥 우리에게 그런 운명같은 시간이 지나버린거야. 이제 난 떠나야 해, 난 여기서 더 내려갈 수 없어. 가기 전에 네게 꼭 해야 할 말이 있어."

"그, 그렇구나. 무슨 말?"

"이곳에 빛이 아예 없는 것 같지만 그렇지도 않아. 아주 미미한 빛이 들어오거든. 아무리 작은 빛이라도 오랜 시간을 비추면 이끼는 자라는 거야."

라키네는 티리카의 말대로 동굴의 한쪽 벽에 가득 낀 이끼를 확인할 수 있었다.

"그렇구나. 그 미세한 빛이 이끼를 이렇게나 키웠군."

"이끼가 없는 쪽에 스피사틀란이 있어."

라키네는 티리카의 그 말이 무엇을 의미하는 건지 물었지만 그의 목소리는 이미 사라지고 없었다.

'고마워 티리카, 내가 맘 편히 널 떠나보낼 수 있게 나타나줘서.'

티리카의 말대로 세월이 그 만큼이나 흘렀거라면 스피사틀란에 라키네를 기억하는 스피온은 거의 다 벨리타의 바다에서 사라졌을 것이었다. 라키네는 신의 동굴에 왔던 모든 스피온들이 그들이 머물렀던 장소에서 자신에게 말을 걸고 있다는 사실을 알게 되었다. 자신은 그들의 질문이었고 그들은 라키네의 남은 삶에 대한 대답이었다. 라키네는 이제 자신의 몸과 정신이 아무것에도 영향을 받지 않는다는 것을 깨달았다. 자신이 감정이 없는 육체, 혹은 육체 없는 영혼이라고 생각했다. 조금만 더 내려가면 고대하던 신을 만날 것 같았다. 머리장식과 허리장식에 붙어있는 프람이 더욱 밝은 빛을 뿜고 있었다.

"라키네, 신을 만나려는가?"
또다른 스피란의 소리가 들렸다. 들어본 적 없는 낯선 소리였다. 라키네는 약간의 두려움을 갖고 대답했다.
"예, 신을 만나러 왔어요, 당신이?..."
"두려할 필요는 없다. 난 신이 아니니까."
그 목소리는 차분하고 자애로왔다.

"당신도 여기에 온 적이 있던 스피온이군요."

"그래, 아주 오래전에 여기에 왔었지. 그때도 지금의 너와 같은 마음이었을 것이야."

라키네는 이 스피온이 누굴까 곰곰이 생각해 보았다.

"넌 중요한 선택의 기로에 있다. 아직 결정된 건 아무것도 없어. 난 네게 그 말을 전해주러 온 거야."

라키네는 이 스피온은 자신을 위로해주러 온 것은 아니라는 것을 알 수 있었다. 그래서 이 스피온의 존재가 더 궁금해졌다.

"전 이미 모든 것을 내려놓았어요. 만약 신을 만난다면 제 의지와 신념을 신에게 보여주는 것, 단지 그것밖에 남은 것이 없습니다."

라키네가 단호하게 말했다.

"그렇게 생각되겠지. 그런데 신이 네 청을 들어줄까?"

"그럴 수도, 그렇지 않을 수도 있겠죠."

"신이 네게 선택을 미룬다면? 그리고 네 선택에 대해 네가 책임지라고 한다면?"

라키네는 그런 생각을 해 본적이 없었다.

"그럴리가요."

217

"신이 너를 위해 그 무거운 선택을 할까? 프람은 신과 함께 있었을 뿐 그의 소유가 아니야. 난, 내 의지로 프람을 선택하고 젠다크로 가져간거야. 하지만 그 후에 프람은 이리야크로 하여금 내 후손의 목숨을 앗아가게 했지. 스피룬을 가라앉힌 것이 과연 이리야크의 머릿속에서 나온 계획이었을까?"

그의 이야기를 계속 듣고 있자니 머릿속이 더 복잡해서 터질 것 같았다.

"이제 끝이 보일 것 같은데, 그 끝을 지나서 쉬고 싶은데 왜 여기에 나타나서 제 머리를 이렇게 혼란스럽게 하시는 건지 모르겠네요. 당신이 정말 신을 만나서 프람을 젠다크로 가져간 스피온이라구요?"

그가 다시 입을 열었다.

"프람은 자신의 주인에게 언제나 대가를 요구해. 그 대가를 *아그완*이라고 부른다. 아그완은 신의 말이야. *자신의 선택으로 비롯된 모든 결과*를 의미하는 말이지. 프람을 가져갔던 대가로 이리야크 역시 목숨을 잃었어. 바다의 신 일리미스조차 자신의 아그완에 대해 두려움을 가지고 있다는 걸 넌 알아야 해."

바닥이 보이진 않았지만 거의 다 내려온 것 같다는 느낌이 들었다. 그 목소리는 더는 들리지 않았다.

'아직도 내가 선택할 것이 남았다고? 그럴 리 없어. 자기가 신을 만난 스피온이라고? 말도 안돼. 그리고 나같이 하찮은 스피온이 신의 결정에 따르는 것 말고 무엇을 더 할 수 있단 말인가?'

라키네는 그 스피란이 전하고자 했던 의미를 부정하며 동굴의 끝을 향해 내려가다가 비로소 그 목소리의 주인은 전설 속의 젠다크 14대 왕 크루메린일 수 밖에 없다는 것을 깨닫게 되었다.

바다의 신 일리미스

얼마를 더 내려갔을까? 라키네는 동굴 구멍이 점점 넓어지고 있으며 바닥에서 빛이 올라오고 있음을 알 수 있었다. 잠시 후 그는 지름이 10디크쯤 되는 동그란 동굴 바닥에 닿았다. 라키네는 조금 전에 보았던 그 빛의 근원을 찾았다. 동굴 바닥 한 구석에 있는 돌로 만들어진 의자에 어떤 존재가 앉아있었다. 하지만 그의 모습은 보이지 않았다. 그의 몸 주위를 둘러싸고 있는 물의 경계면으로 비로소 그의 존재와 크기를 가늠할 수 있었다. 잔물결이 쉴새 없이 그의 머리에서 시작되어 몸을 타고 내려오는 것처럼 보였다. 그의 텅 빈 몸 한가운데에 빛의 근원으로 보이는 돌이 있었다.

그 돌은 라키네가 가지고 있던 것들보다 비교도 안될 만큼 밝은 빛을 품고 있었다. 그것은 가누즈가 신에게 주었다던 프람의 남은 한 조각이 틀림없어 보였다. 라키네는 보이지 않는 그 존재가 자신에게 반응하기를 기다리며 그의 얼굴이 있음직한 자리를 뚫어져라 쳐다보았다. 다시 시간이 흘렀다.

"젠다크의 왕을 만났나?"
긴 침묵을 깨고 그가 입을 열었다. 라키네는 처음엔 그가 크루메린에 대해 묻고 있는 것이라고 추측했으나 어쩌면 유사드가 새겨준 왼팔의 문신을 보고 묻는 것 일수도 있다고 생각했다.
"그렇습니다."
자신을 찾아온 낯선 스피온을 천천히 살피는 신의 움직임에서 발생하는 미세한 파동이 라키네의 몸에 닿았다. 라키네는 이곳에 온 자신의 의도를 그가 낱낱이 파악하고 있다는 것을 느낄 수 있었다. 라키네는 프람에 대해 이야기 하기에 앞서 동굴에서 만난 존재들에 대해 신에게 묻기로 했다.

"이 동굴을 내려오면서 예전에 이곳에 온 적이 있었던 네명의 스피온을 만났습니다. 전 그들의 영혼을 만났던 건가요? 아니면 제가 망상 속에서 헤어나오지 못하고 있는 것인가요?"

"나도 너희 스피온들처럼 벨리타의 관찰자일 뿐이다. 네게 되묻겠다. 네가 아닌 다른 스피온이 이곳에 왔더라도 그들이 나타났을까?"

라키네가 조금 생각해 본 후 대답했다.

"어느 스피온이 왔더라도 디오락의 왕 가누즈와 젠다크의 왕 크루메린은 나타났을 것 같습니다."

그 대답을 듣자마자 신이 다시 물었다.

"넬란과 티리카는? 그들도 나타났을까?"

"그건 잘... 모르겠습니다."

신이 다시 말했다.

"여긴 스피온의 머리로 상상할 수 있는 영역이 아니다. 이곳엔 모든 것이 멈춰 있다. 어떤 존재가 다녀갔더라도 그를 에워쌌던 바다는 그 자리에 그대로 있지. 아마도 네가 만난 건 어쩌면 남겨진 바다에 새겨진 그들의 마지막 의지일지도 모르지."

라키네는 신이 이미 자신과 넬란, 티리카에 대해서 알고 있으며 벨리타 바다에서 벌어진 모든 스피온들의 역사 또한 알고 있을 거라고 생각했다. 라키네는 이제 프람에 대한 이야기를 꺼내려 했다.

"제가 여기 온 이유는…"

신이 라키네의 말이 끝나기도 전에 입을 열었다.

"네가 가져온 프람의 조각들을 내게 주려고 이곳까지 왔을테지, 스피사틀란의 라키네?"

"그, 그렇습니다."

"내가 그것으로 무엇을 해야 한다고 생각하나?"

"아실텐데요."

"모른다."

라키네는 준비한 이야기를 마저 꺼내놓았다.

"오래 전에 이곳을 떠난 프람은 디오락 스피온의 손에서 쪼개지고 흩어져서 긴 세월을 보냈지만 이제 다시 이곳에 모였습니다. 대륙을 가라앉혔던 그 거대한 프람의 힘으로 다시 우리 스피룬 대륙을 원래의 위치로 들어 올려 주십시오. 저는 당신께 이 소원을 말하려 여기에 온 것입니다."

라키네의 입에서 시작된 파동이 그의 몸을 흐르는 물살을 통해 그의 몸에 하나하나 각인되는 것 같았다. 한동안 신의 시간이 흐르고 있었다.

"벨리타가 태어날 때 난 프람과 함께 있었다. 나는 벨리타 생명의 탄생에, 프람은 벨리타 대륙의 생성에 관여했지. 오랜 시간이 지난 후 젠다크의 왕이 날 찾아왔다. 그는 벨리타의 바다 속 대륙을 안정시킬 만한 힘을 가진 무언가를 내게서 받아가길 원했어. 프람은 그의 바람대로 젠다크로 갔고 한동안 그의 의지대로 대륙은 안정되었지만 결국 그를 죽음에 이르게 했지. 프람은 그 후 디오락의 이리야크에게 건너가서 그의 뜻을 이루게 했지만 이리야크는 결국 자신의 잘못된 행동이 벨리타 전체에 얼마나 큰 악영향을 주었는지를 깨닫게 되었지. 결국 자책감을 이기지 못하고 스피사틀란과의 전쟁에 사용했던 그 창으로 자신의 몸을 찔러서 죽고 말았지. 프람을 사용하여 목적을 이루려는 자는 언제나 대가를 치르게 되어 있다."
라키네가 크루메린에게 들었던 말을 떠올리며 물었다.

"그것이 아그완이란 건가요?"

"그것을 스피온들이 뭐라고 부르던 내 알 바는 아니지. 신은 약속을 하지도, 책임질 일을 하지도 않는다. 네가 그것을 내게 주고 간다 한들 네가 원하는 일이 일어날지 아니면 아무런 일도 일어나지 않을지 나도 알 수 없다. 그래도 그것을 내게 주고 가겠는가?"

" 신이시여, 제 바람은 모든 스피온들의 바람입니다. 심지어 스피룬을 가라앉혔던 디오락의 바람이기도 합니다. 제발 의지를 갖고 제 청을 들어주십시오."

라키네는 간절히 말했다.

"신은 의지를 갖지 않아. 의지를 갖고 있는 건 언제나 너희 스피온들이었지. 네가 의지를 가지고 있다면 그 예전 젠다크의 왕에게 그랬던 것처럼 내가 가진 프람의 조각을 네게 주겠다. 단, 젠다크와 디오락의 왕처럼 반드시 대가를 치를 각오를 해야 되겠지."

"신이시여, 전 이미 죽을 각오로 이 자리에 왔습니다. 하지만 전 몸에 큰 상처를 가지고 있는 연약한 스피온입니다. 원대한 스피온의 꿈을 이루기도 전에 제 몸이 당신이 가지고 있던 프람을 버틸 수 없을 겁니다."

"그럴지도 모르지. 하지만 그런 우려마저도 프람을 원하는 자가 감당해야 할 대가인 것이다. 선택하라 스피사틀란의 스피온 라키네. 네 프람을 내게 주겠는가, 아니면 내 프람을 받아 가겠는가?"

라키네는 과거 이곳에서 신을 만났던 유일한 스피온, 젠더시스라 불렸던 젠다크의 왕 크루메린을 생각했다.

'내가 아그완을 버틸 수 있을까?'

신은 이제 스피온의 시간 속에서 가만히 라키네의 대답을 기다렸다. 오랜 시간 후에 라키네가 입을 열었다.

"프람을 받아가겠습니다."

라키네가 그렇게 대답하자 일리미스를 둘러싸고 있던 물결이 사라지며 그의 뱃속에 있던 프람이 그가 앉아 있던 돌 위로 천천히 내려왔다. 조금 전까지 그 자리에 있었던 신의 흔적은 모두 사라져 버렸다. 라키네는 젠다크와 스피사틀란, 그리고 디오락의 눈으로 그 프람을 바라보았다. 그러자 쓰라렸던 그간의 시간들, 프람의 기적을 기다리며 지내왔던 스피사틀란의 모든 시간들이 빠른 속도로 눈앞에 나타났다가 사라졌다.

'잘 한 결정일까? 정말 내가 그 무거운 짐을 버텨낼 수 있는 스피온이 될 수 있을까?'

라키네는 신이 앉았던 돌에 다가가 천천히 손을 뻗어 프람을 꺼냈다. 뜨거웠다. 라키네는 모아닌에서 남아 있던 위람을 꺼내어 그 프람을 오른쪽 팔장식에 조심스레 붙였다. 그의 이마와 허리, 팔에 있는 프람들의 뜨거운 기운이 라키네의 몸속 한 곳으로 모이는 것 같았다. 세 개의 프람이 일으키는 파동이 동굴 벽에 닿으면서 동굴 전체가 크게 흔들리기 시작했다. 그리고 몸속에 있던 그 뜨거운 기운이 등 쪽으로 흘러가고 있는 것을 느낄 수 있었다. 라키네는 참기 힘들만큼 큰 고통을 느꼈고 비로소 그가 받아들여야 할 아그완이 시작된 것이라고 생각했다. 그는 고개를 들어 동굴의 입구를 바라보며 서서히 헤엄쳐 올라갔다. 곧 동굴 전체가 흔들리며 라키네가 있는 주변의 벽부터 서서히 무너지기 시작했다. 동굴 입구로부터 커다란 돌들이 떨어지는 것이 보였다. 들어온 구멍으로는 빠져나가기 어렵겠다는 생각이 들었을 때 앞쪽 벽에 라키네가 말했던 이끼가 보였다.

라키네가 그 반대쪽 벽에 손을 갖다대자 그곳의 벽이 부서지며 그 자리에 큰 구멍이 생기기 시작했다.

라키네는 그 구멍으로 천천히 나아갔다. 곧 라키네의 몸속에 있던 뜨거운 기운이 라키네 등에 있던 흉터 자리를 통해 밖으로 튀어나오기 시작했다. 그것은 검붉은 끈, 혹은 핏줄 같은 모양을 하고 있었다. 그리고 한줄이었던 그것은 두 갈래, 다시 네 갈래로 나누어졌다. 라키네는 그것이 자신이 감당해야 할 아그완이라는 것을 알았다. 라키네의 몸에 있는 세 개의 프람은 동굴 벽을 계속 부수며 스피룬을 향해 길을 내고 있었고 동굴 벽에서 부서진 돌들은 라키네를 빗겨가며 바닥으로 떨어지고 있었다. 등을 뚫고 나온 아그완, 부서지는 신의 동굴, 죽음에 대한 공포, 스피사틀란의 꿈을 이루지 못할 것에 대한 우려와 두려움. 이 모든 것들이 라키네의 몸과 정신을 거세게 휘감고 있었다.

새로운 프라망을 향해

라키네가 동굴을 벗어나자 *어둠의 바다*가 거기에 있었다. 신의 동굴은 서서히 무너져가고 있었다. 라키네의 등에서 나온 네 줄의 아그완은 10디크 정도의 길이를 유지하였지만 탄력이 있어서 그 길이가 늘어나거나 줄어들었다. 라키네는 그 아그완이 자신이 지나온 자리에 있던 모든 것들을 어루만지고 있다는 것을 느낄 수 있었다. 바닥의 돌과 모래, 데뮨과 오파린, 쑤낙과 페르낙, 에이닉과 디모닉... 모든 것에 닿는 감각이 하나도 빠짐없이 아그완을 통해 그에게 전해졌다. 심지어 아그완에 닿은 모든 것들의 아픔과 고통까지 자신과 공유되는 것 같았다.

세 개의 프람은 스피룬으로 가는 길을 밝게 비추어 주었고 빛을 따라 모여든 에루넴과 피노의 무리가 라키네의 뒤를 따르고 있었다. 라키네는 더 이상 통증을 느끼지 않았다. 그의 아그완은 자신의 몸과 벨리타 바다의 매개가 된 것 같았다. 라키네는 스피룬에 도착할 때까지 만이라도 자신의 몸이 아그완을 온전히 버텨 주기를 바랐다. 라키네가 지나간 자리의 바닥이 요동치고 있었다. 어린시절 다녀갔던 위리트를 지날 때에는 엄마를 향해 울부짖던 어린 스피란의 고통스런 비명과 아내를 안은 채 어린 딸을 찾는 애타게 아빠의 절규가 들렸다. 그때 떠나버린 엄마, 지금도 나를 걱정하실 아빠, 깊은 신뢰를 보여준 루보니언 의장과 디오미스 의원, 큰 짐을 짊어진 스피사틀란의 왕 에오란, 희생정신을 보여준 젊은 전사 에리지타와 네미디오스 그리고 진심어린 응원을 보내준 젠다크의 왕 유사드, 나를 통해 스피사틀란의 꿈을 이루려 한 넬란, 나로 인해 돌아올 수 없는 길을 떠난 티리카. 그렇게 사무치게 그리운 얼굴들이 눈앞에 선명히 떠올랐다가 물결과 함께 서서히 부서졌다.

그 얼굴들이 사라진 자리에 형형색색의 빛을 품고 있는 유르크 무리가 나타나서 라키네를 스피룬의 바다로 안내했다. 뜨거워진 등의 상처에서 몸 안의 생명력이 점차 빠져나가는 것 같았다.

라키네는 스피룬이 가까워 올수록 온 몸의 세포 하나하나가 아그완을 통해 바다와 하나가 되고 있음을 느꼈다. 그리고 이미 오래 전에 벨리타의 바다가 되어버렸을 젠다크의 크루메린과 파르텐, 에이니드, 유리오트, 스피사틀란의 에타, 나레이드, 에미소드 그리고 디오락의 이리야크, 트라리안, 레클란, 가누즈... 라키네는 아그완을 통해서 분명 그들을 하나하나 느낄 수 있었다. 네 개의 아그완이 늘어났다 줄어들었다를 반복하며 라키네가 움직이는 속도에 맞추어 빠르게 주변을 더듬었다. 바다의 바닥에 내려앉은 벨리타의 기억이 꿈틀대기 시작했다. 아그완의 움직임 뒤로 휘몰아치던 바다가 생명들을 불러 모으고 있었다. 에루넴과 피노 무리에 이어 네아킨과 아멜리드 무리도 라키네를 뒤따랐다.

손가락 사이로 들어온 바다가 돌처럼 딱딱해 지는 것
같았다. 연약한 라키네, 전사가 될 수 없었던 상처 입
은 스피온이었던 자신의 얼굴이 눈앞에 나타났다가
눈물을 흘리며 부서져 내렸다. 그리고 뒤이어 이름모
를 모든 스피사틀란 전사들의 얼굴이 하나하나 나타
나 시야를 가득 메웠다가 사라졌다. 아그완이 어루만
진 바닥의 돌들은 거센 충격을 받은 것처럼 그 자리
에서 튕겨져 나갔고 커다란 바위들은 지진이라도 난
것 처럼 들썩였다. 고개를 들어 에실란을 바라보았다.
오파린의 천들이 물결에 출렁이듯 에실란이 출렁이며
요동치고 있었다. 무언가 거대한 것이 따라온다고 느
낀 라키네가 뒤를 돌아보았다. 그간 *빛의 바다*와 *어둠
의 바다*에서 거의 볼 수 없었던 라크와 에도라크 무
리도 자신을 뒤따르고 있었다.

저 멀리 스피사틀란의 대륙, 스피룬이 보였다. 스피룬
은 라키네가 떠나올 때보다 더 비참했다. 두꺼워진 에
실란 덕에 짙은 어둠이 드리웠고 거친 이끼가 젠드의
벽을 두껍게 덮고 있었다.

'불쌍한 나의 대륙, 불쌍한 내 스피사틀란.'

스피룬이 가까워지자 라키네의 심장이 더 크게 요동
쳤다. 심장박동이 커질수록 몸이 더 빠른 속도로 부서
지는 것 같았다. 라키네는 쥐었던 손을 서서히 펴며
스피룬의 바다를 느껴 보았다. 갈라진 손가락 사이사
이에 한스런 스피사틀란 전체의 기억들이 구겨진 얼
굴이 되어 쾅쾅 부딪히며 부서지고 있었다. 그의 아그
완은 더 커지고 더 길어졌으며 라키네가 지나간 자리
마다 보이지 않는 속도로 벨리타 바다의 모든 역사를
하나하나 어루만지고 있었다.

'내 친구들이 아직 저기에 있을까? 혹시 나보다 더 늙
어 버렸을까? 아니면 모두 사라져 버렸을까? 내가 스
피룬을 떠난 지 얼마나 된 것일까? 누군가, 나를 기억
하는 스피온이 아직 있을까?'

밀도가 사라져버린 몸과 시공간을 초월한 기억들이
라키네를 뒤덮고 있었다. 뒤에서 거대한 파동이 느껴
졌다. 뒤를 돌아다보았다. 이번엔 레닉과 바란의 무리
가 다른 바다생물들과 함께 자신을 따르고 있었다.

그 뒤로는 크기를 가늠조차 할 수 없는 거대한 바위들이 큰 파동을 일으키며 나뒹굴고 있었다. 눈 앞에는 프람의 빛을 받은 에이닉과 디모닉들이 별처럼 반짝이고 있었다. 어느덧 라키네가 내뿜는 프람의 빛은 스피룬 전체를 비추고 있었다. 아픔의 대륙 스피룬, 그곳에서 입을 다물지 못하고 자신을 바라보는 스피사틀란의 스피온들이 조그맣게 보이기 시작했다.

'라키네! 누군가 반가운 소리로 날 이렇게 불러줄까? 제발, 한 스피온이라도 날 기억해 주고 내 이름을 불러주었으면...'
바다보다 많은 양의 눈물이 그의 눈에서 쏟아지는 것 같았다. 라키네의 귀가 바란과 레닉의 소리에서부터 에이닉과 디모닉의 소리까지 하나하나 받아내고 있었다. 이제는 벨리타 바다에서 일어난 과거와 미래의 모든 소리가 들리는 듯 했다. 드디어 스피사틀란의 스피온들이 하나하나 눈에 들어왔다. 라키네는 거대한 아그완의 힘에 스피온들이 다칠까봐 걱정이 되었다. 모두 젠드를 버리고 헤엄쳐서 이곳을 벗어나길 바랐다.

자신의 아그완이 과연 자신이 바라던 그 모습으로 스피룬을 만들어줄지 아니면 더 큰 재앙을 줄지 알 수 없었다. 그리고 이제 그 결과는 자신이 감당할 몫이 아니라는 걸 알았다. 자신의 몸을 둘러싸고 있는 바닷물이 일리미스의 텅 빈 뱃속처럼 가볍게 느껴졌다. 그때 눈 앞에 어린 스피란이 보였다. 어린시절의 자신처럼 무척 연약해 보였다. 지금 자신의 앞에 있는 그 아이의 모습이 위태로워 보였다.

'피해 스피온! 위험해, 어서 멀리 도망가!'

다행히 라키네가 무사히 그 아이를 지나쳤고 그의 아그완도 그 아이를 피해서 움직였다. 뒤에서 그 아이가 외치는 소리가 들렸다.

"젠더시스!!!"

'내가 지금 무슨 소릴 들은거지?'

그건 분명히 자신을 가리키며 하는 소리였다. 여기저기에서 많은 스피온들이 놀란 표정으로 자신을 바라보고 있었다. 라키네는 또 다른 스피온이 있는지 뒤를 돌아다보았다.

"젠더시스! 젠더시스!"

라키네는 걱정의 표정을 하고 있었지만 그들은 이제 껏 본적 없는 기대의 표정을 하고 있었다. 곧 라키네 는 왕궁의 광장 위에 도착했다. 그를 따라온 거대한 무리들도 라키네를 따라 광장 둘레를 한바퀴 돌았다. 많은 스피온들이 그 모습을 올려다보았다.

라키네는 폈던 손을 다시 쥐고 너스의 빛을 흠뻑 받 은 에실란을 올려다보았다. 그리고 에실란을 향해 수 직으로 헤엄쳐 올라갔다. 그와 그의 아그완을 따라 스 피룬 대륙 전체가 요동치며 위쪽으로 올라가기 시작 했다. 모든 스피사틀란족이 젠드와 왕궁에서 나와 멀 찍이 떨어져 그 광경을 바라보고 있었다. 눈앞의 에실 란이 출렁이며 갈라지기 시작했다. 그 사이로 천국의 빛이 *어둠의 바다*에 쏟아져 내렸다. 라키네의 속도가 차츰 줄어들었다. 그도 아그완도, 그를 따르던 무리도 속도를 줄이며 그를 따랐다. 그가 출렁거리며 찢어지 는 에실란을 통과하자 모든 바다생물들도 그를 따라 에실란 위로 올라온 후 소임을 다했다는 듯 자유롭게 흩어지며 시야에서 사라졌다.

그의 아그완이 스피룬을 들어올리고 있다. 라키네는 몸속의 뼈가 모두 부러지고 있는 것 같은 고통을 느꼈다. 정말 자신의 몸이 부서지는 것 같았다. 어딘가에서 자신의 목소리가 들렸다.

"라키네, 네가 할 수 있는 만큼만 해."

아그완의 힘이 스피룬을 에실란 위로 끌어올렸고 바다를 나누고 있던 에실란의 막이 마치 거꾸로 흐르는 시간 속에 있는 것처럼 스피룬 대륙 아래로 다시 들어가고 있었다. 라키네는 자신의 아그완이 벌이고 있는 일이 이리야크가 한 일을 되돌리는 것인지 아니면 프라망을 다시 만들고 있는 것인지 알 수 없었다. 그리고 그의 머릿속을 가득 채우던 온갖 생각들은 디오락의 젠드에서 보았던 오파린 천을 통과한 너스의 빛처럼 은은하게 벨리타의 바다 전체로 퍼지고 있었다. 수면을 올려다보던 라키네가 고개를 숙여 자신의 손을 보았다. 손이 있던 자리에 손을 둘러싼 물결만 보였다. 일리미스의 몸이 생각났다. 유티마 반지가 일리미스의 뱃속 프람처럼 공허하게 보였다.

어느새 수면 가까이 다다른 라키네는 자신의 몸을 바다와 아그완에 그냥 맡기기로 했다. 아래를 쳐다보지 않아도 벨리타의 바다속 대륙이 서서히 자리를 잡고 있다는 것을 느낄 수 있었다. 그는 그대로 벨리타의 바다를 벗어나 하늘로 올라갔다. 스피사틀란과 젠다크, 디오락의 스피온들이 그들의 세상 너머로 사라지는 라키네를 움직이지 않고 바라보았다.

강렬한 너스의 빛이 라키네의 몸 속 구석구석으로 스며들었다. 자신의 몸이 아그완과 함께 부서지고 있음을 느낄 수 있었다. 몸의 세포 사이사이로 눈부신 빛이 스며들고 있었다. 젠다크의 유사드로부터 받았던 머리장식과 허리장식, 팔장식, 그리고 세 개의 프람, 모아닌에 들어있던 칼과 위람, 티리카가 만들어 준 유티마의 반지... 모든 것이 그의 몸을 벗어나 벨리타의 바다로 다시 들어가고 있었다. 너스의 빛을 타고 넬란의 목소리가 들려왔다.

"네가 전사의 시를 외우고 있는 그 순간만큼은 너는 꿈을 꾸는 것도, 결코 죽은 것도 아니다."

벨리타의 밤에 두 개의 달이 떠오르면
그토록 기다렸던 두 개의 달이 떠오르면
어둠의 바다에 빛의 방울이 내려오네.
목 놓아 기다렸던 빛의 방울이 내려오네.

잊지 못할 영광의 대륙 프라망
그 아름답던 선조의 대륙 프라망
아아, 스피온들은 어디에서 왔는가?
용감한 스피온들은 어디로 가는가?

부록 1 / **용어사전 등**

너스 항성계 행성들

너스_ 너스 항성계의 가장 큰 별 (지름 295,000kdk)

매닉_ 너스 항성계 첫번째 행성

  (지름 2,332kdk / 너스와의 거리 14,317,000kdk)

니롬_ 너스 항성계 두번째 행성

  (지름 3,170kdk / 너스와의 거리 22,738,000kdk)

벨리타_ 너스 항성계 세번째 행성 / 위성 : 유탄, 유론

  (지름 3,830kdk / 너스와의 거리 32,151,000kdk)

호르사_ 너스 항성계 네번째 행성 / 위성 : 튜드라

  (지름 21,205kdk / 너스와의 거리 60,404,000kdk)

큐람_ 너스 항성계 다섯번째 행성

  (지름 12,175kdk / 너스와의 거리 98,417,000kdk)

10진법 사용 / 1년 480일 / 1일 10시간 / 1dk(디크) 3m

벨리타 바다생물 (길이 / 수명)

바라낙_ 전설 속의 대형 가오리 (20dk / 180년)

바란_ 대형 가오리 (15dk / 120년)

레닉_ 돌출된 등뼈를 가진 대형 물고기 (12dk / 90년)

라크_ 머리에 촉수를 가진 대형 물고기 (9dk / 60년)

에도라크_ 머리에 촉수를 가진 중대형 물고기 (6dk / 45년)

아멜리드_ 갑옷입은 물고기 (0.5dk / 15년)

에루넴_ 마름모꼴 물고기 (0.4dk / 12년)

피노_ 소형 물고기 (0.3dk / 10년)

네아킨_ 독침을 가진 두족류 (0.3dk / 8년)

아노록_ 대형 가재 (0.4dk / 45년)

유르크_ 해파리 (0.6dk / 3년)

에이닉_ 새우형태 플랑크톤 (0.003dk / 0.5년)

디모닉_ 가재형태 플랑크톤 (0.002dk / 0.8년)

쑤낙_ 둥근형태 조개 (0.3dk / 60년)

페르낙_ 긴형태 대형 조개 (1dk / 120년)

미클론_ 바위에 붙어사는 후구동물 (0.01dk / 6년)

데뮨_ 나선형의 딱딱한 껍질을 가진 수생식물 (0.5dk / 150년)

오파린_ 질긴 막을 가진 수생식물 (0.7dk / 120년)

스피온 용어

스피온_ 벨리타의 고등생물, 인어

스피란_ 여성 스피온

스피오_ 남성 스피온

스피토_ 스피온의 문자

젠다크족_ 젠다크 종족 / 평균수명 128세

젠다크_ 젠다크족이 세운 국가

젠드록_ 젠다크 종족이 사는 대륙

스피사틀란족_ 스피사틀란 종족 / 평균수명 112세

스피사틀란_ 스피사틀란족이 세운 국가

스피룬_ 스피사틀란 종족의 대륙

디오락족_ 디오락 종족 / 평균수명 105세

디오락_ 디오락족이 세운 국가

디오크_ 디오락 종족이 사는 대륙

이누디오크_ 동쪽에 있는 디오크 대륙

에핀디오크_ 서쪽에 있는 디오크 대륙

엘라디오크_ 남쪽이 있는 디오크 대륙

로크_ 스피온들이 잡는 기둥

일리미스_ 바다의 신

너스_ 너스 항성계의 가장 큰 별 / 벨리타의 태양

유탄 / 유론_ 벨리타의 두개의 위성 / 벨리타의 달

젠드_ 스피온들의 전통적인 방사형 건축물

프라망_ 벨리타의 스피온들이 함께 살았던 전설 속 대륙

프람_ 벨리타의 균형을 잡아주는 신비의 돌

프라미안_ 벨리타의 바다에 두개의 달이 동시에 뜨는 시기

에실란_ 벨리타 바닷속 대륙 밑에 있는 유동성 물질

디크_ 길이의 단위 / 1dk 는 1스피온의 길이(약 3m)

모안_ 스피온들의 전통 의상

모아닌_ 모안에 장착하는 주머니

위리트_ 벨리타 바다의 가장 뜨거운 지역

위람_ 위리트 지역에 있는 점도가 높은 흙

레니킨_ 레닉의 돌출된 등뼈

유티마_ 초록빛을 내는 보석

율스_ 장기의 일종

빛의 바다_ 에실란 위의 바다

어둠의 바다_ 에실란 아래의 바다

빛의 방울_ 프라미안에 생성되는 빛을 머금은 에실란 구체

주요 캐릭터

<젠다크>

왕_   14대 크루메린 (스피란) / 618_712년
                     (재위기간 636_707년)
            19대 파르텐 (스피란) / 960_1018년
                     (재위기간 978_1018년)
            29대 에이니드 (스피란) / 1458_1551년
                     (재위기간 1476_1542년)
            31대 유사드 (스피란) / 1578_1679년
                     (재위기간 1596_1674년)

전령_   유리오트 (스피란) / 1421_1528년

<디오락>

왕_   7대 아펜딕 (스피오) / 841_926년
                     (재위기간 875_926년)
            9대 이리야크 (스피오) / 955_1023년
                     (재위기간 987_1023년)
            레클란 7세 (스피오) / 1445_1542년
                     (이누디오크 통치 / 재위기간 1472_1542년)
            트라리안 8세 (스피오) / 1474_1561년
                     (에핀디오크 통치 / 재위기간 1497_1561년)
            가누즈 6세 (스피오) / 1431_1526년
                     (엘라디오크 통치 / 재위기간 1453_1526년)

기타_   리트란 (스피란) / 1498_1602년

<스피사틀란>

왕_   15대 에타 (스피란) / 1427_1532년
                (재위기간 1457_1532년),
        17대 에오란 (스피란) / 1552_1663년
                (재위기간 1577_1663년)

원로원_ 디소녹 (스피란) / 1415_1519년
        루보니언 (스피오 : 의장) / 1533_1644년
        디오미스 (스피오) / 1538_1651년

교육자_ 피카루트 (스피란 : 생존전문가) / 1444_1539년
        휴메린 (스피오 : 무기제작자) / 1448_1533년
        페디아누 (스피란 : 의상제작자) / 1438_1541년

전사_   에미소드 (스피란) / 1485_1567년
        나레이드 (스피란) / 1484_1569년
        넬란 (스피란) / 1484_1616년
        티리카 (스피란) / 1598_1676년
        네미디오스 (스피오) / 1595_1699년
        에리지타 (스피란) / 1594_1705년
        에루디안 (스피오) / 1598_1686년
        라일리드 (스피란) / 1597_1701년

기타_   페논 (스피오) / 1549_1641년

젠더시스 라키네 (스피란) / 1598_1681년

벨리타의 주요 사건 (젠다크력 기준)

663년_ 대지진으로 프라망이 세개의 대륙으로 갈라짐

685년_ 스피사틀란의 탄생

691년_ 디오락의 탄생

703년_ 젠다크의 크루메린이 일리미스로부터 프람을 얻어옴

902년_ 디오락의 아펜틱이 스피사틀란과의 전쟁을 일으킴

1018년_ 디오락의 이리야크가 젠다크를 침공함

　　　　　／ 파르텐(젠더시스)의 사망 / 스피룬 대륙의 붕괴

1023년_ 프람이 세 개로 쪼개짐 / 이리야크의 자살

1025~1029년_ 에핀디오크, 이누디오크, 엘라디오크의 탄생

1504년_ 유리오트가 스피룬으로 내려옴

　　　　　／ 에미소드, 나레이드, 넬란이 디오락으로 감

1616년_ 전사의 장례식 / 라키네가 에실란 속에 갇힘

　　　　　／ 네미디오스 등의 전사들이 디오락으로 감

　　　　　／ 라키네가 젠다크의 유사드를 만남

　　　　　／ 라키네가 레닉의 무덤에 도착함

1628년_ 라키네가 일리미스의 동굴에 도착함

1681년_ 새로운 프라망

부록 2 / **캐릭터 및 바다생물 도감 등**

라키네

티리카

나레이드

에오란

에미소드

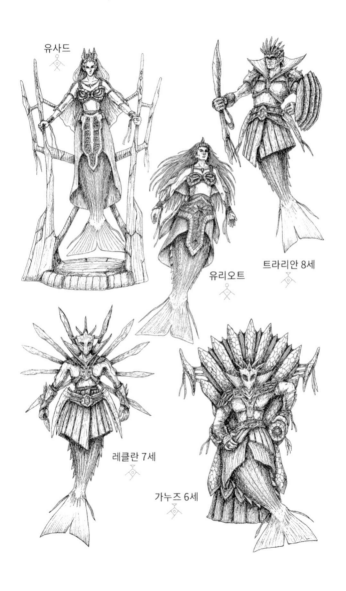

유사드

유리오트

트라리안 8세

레클란 7세

가누즈 6세

251

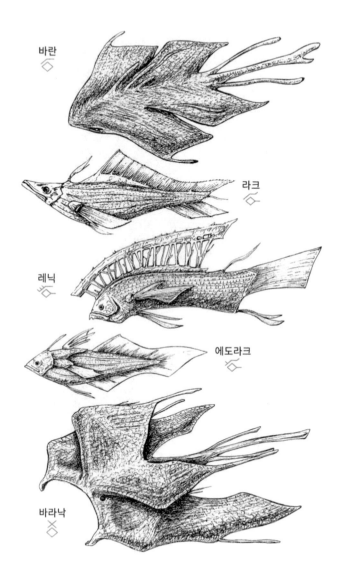

바란

라크

레닉

에도라크

바라낙

아노록

아멜리드

에루넴

미클론

네아킨

피노

에이닉

유르크

오파린

디모닉

데뮨

쑤낙

페르낙

스피토 - 스피온 문자

스피온	바라낙	젠드록	에실란	영
스피란	바란	스피룬	모안	일
스피오	레닉	디오크	모아닌	이
전사	라크	프라망	용감함	삼
교육자	에도라크	프라미안	오다	사
원로원	아멜리드	일리미스	가다	오
왕	에루넴	대륙	감탄	육
젠더시스	피노	프람	아름다움	칠
젠다크	네아킨	죽음	불가능	팔
스피사틀란	유르크	로크	영광	구
디오락	아로녹	젠드	기다림	십
너스	에이닉	나타남	어둠	백
매넉	디모닉	사라짐	빛	천
니롬	데뮨	조상	속하다	만
벨리타	오파린	기억	먹다	달
호르사	페르낙	망각	오르다	과거
큐람	쑤낙	미클론	내리다	미래
나	너	사랑	증오	바다

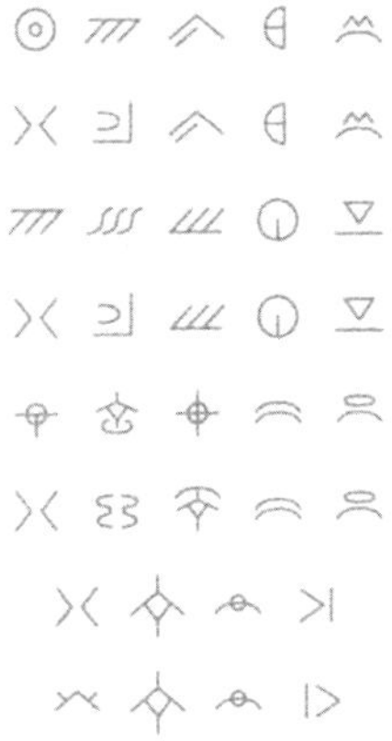